Library of
Davidson College

A.

Francisco Brines

Selección propia

Edición del autor

CATEDRA
Letras Hispánicas

Selección propia

Letras Hispánicas

CONSEJO EDITOR:
Francisco Rico
Domingo Ynduráin
Gustavo Domínguez

Francisco Brines

Selección propia

Edición del autor

CATEDRA

LETRAS HISPANICAS

© Francisco Brines
Ediciones Cátedra, S. A., 1984
Don Ramón de la Cruz, 67. Madrid-1
Depósito legal: M. 19.373.—1984
ISBN: 84-376-0471-0
Printed in Spain
Artes Gráficas Benzal, S. A. Virtudes, 7. Madrid-3
Papel: Torras Hostench, S. A.

Índice

Introducción

La certidumbre de la poesía 13
Nota biográfica 55

Bibliografía 57

Selección propia 61

Las brasas
1960

Junto a la mesa se ha quedado solo 65
El visitante me abrazó, de nuevo 67
Ladridos jadeantes en el césped 68
La sombra de la tierra va creciendo 69
Con los ojos abiertos alza el cuello 70
Está en penumbra el cuarto, lo ha invadido 71
El balcón da al jardín. Las tapias bajas 73
El barranco de los pájaros 74

Materia narrativa inexacta
1965

En la República de Platón 81
La muerte de Sócrates 84

Palabras a la oscuridad
1966

Después de la infancia 89
El reloj y la muerte 91
Elca 92
Encuentro en la plaza 94
Juegos en la orilla 95
Los signos desvelados 96
Oscureciendo el bosque 98
Mere Road 99

Evocación en presencia	101
Ceniza en Oxford	102
Otoño inglés	103
Todos los rostros del pasado	105
Amor en Agrigento	107
Balcón en sombra	109
Desterrado monarca	112
SS. Annunziata	114
Causa del amor	116
Un rastro de felicidad	117
Relato superviviente	118
La perversión de la mirada	123
El mendigo	125
Muerte de un perro	127
Muros de Arezzo	128
Solo de trompeta	130
En la noche estrellada	132
Mirándose en el humo	133

Aún no
1971

Los signos de la madrugada	137
Entre las olas canas el oro adolescente	139
¿Con quién haré el amor?	140
Palabras para una mirada	141
Tendidos	142
La dama	143
Estela griega	144
Epitafio romano	145
Alocución pagana	146
Acerca de la divinización	147
Onor	148
La espera	150
Elca y Montgó	151
El testigo	152
Alba	153
Soledad final	154
Métodos de conocimiento	155
Las noches del abandono	156
La última estación de los sentidos	157
Palabras para una despedida	159
Sueño poderoso	160
Cuando yo aún soy la vida	161

De "Composición de lugar"

Vidas paralelas 162
Poeta virtuoso en sarcófago 163
A un desahuciado 164
El hijo de Lot 165
Polvos y lodos 166
Poeta póstumo 167
Elección responsable 168
Madrigal nocturno 169

Insistencias en Luzbel
1977

Esplendor negro 173
Invitación a un blanco mantel 174
Definición de la nada 175
Oyendo el humo 176
Actos de supresión 177
Desde el error 178
Entendimiento de una experiencia 179
Identificación en un espejo 181
Los sinónimos 182
Mis dos realidades 183
Provocación ilusoria de un accidente mortal 184
Culto de regresión 185
El extraño habitual 187
Tentaciones al acabar la tarde 188
Continuidad de las rosas 189
Otra vez Fausto 190
Sábado 191
La cerradura del amor 192
Lo que el muchacho pierde 193
Los placeres inferiores 194
Trastorno en la tormenta 195
Canción de los cuerpos 196
Por un incumplimiento del presagio 197
La realidad no permanece 198
Recuerdo de la belleza humana 199
Desaparición de un personaje en el recuerdo 200
Sucesión de mí mismo 201
Aquel verano de mi juventud 202
Días finales 203
El porqué de las palabras 204

Introducción

La certidumbre de la poesía

La petición que amablemente se me hace para que hable aquí de mi poesía me parece semejante a la que pudiera hacérsele a un cirujano con la siguiente argumentación: «Mire, como usted es un buen profesional y no hay cuerpo que tanto estime, y aun ame, como el suyo propio, es dueño de las dos condiciones que pueden hacer de una operación un hecho admirable: opérese.» Creo que con este buscado símil queda expresada la profunda repugnancia que puedo sentir ante tal quehacer. Es ocioso que añada cuánto procuraré eludirlo.

Y si el poeta no se atreve con una disección de su poesía, al menos se espera de él que nos comunique su poética; mas la cuestión no está tan clara como parece deducirse de la facilidad con que se le dirige la demanda. Ocurre esto con bastante frecuencia. Si por debilidad de carácter ha accedido a la petición (barajando, con seguridad, verdades con algunos errores), no habrá pasado mucho tiempo antes de que de nuevo se le pregunte por la inevitable poética. Se deduce entonces que no le han leído o que, si lo han hecho, no han sido convencidos por la letra ofrecida (lo cual sería juicio atinado si no le siguiera el desatino de ponerle otra vez a prueba). ¿O acaso imaginan su naturaleza tan cambiante como la de un traje, que nos deja de servir al llegar una nueva estación?

Es cierto que todo poeta genera una poética, pero

esto no quiere decir que tenga que ser consciente de ella hasta el punto de poder describirla. La poética está fundamentalmente encarnada en la obra, y el trabajo de hallarla y darle forma es tarea propia del crítico. Y del poeta, por supuesto, cuando tal quehacer sea de su gusto. Pero siempre que estemos avisados de que es posible que algo o bastante de aquello no sea lo que él dice. Hay, no obstante, una generalizada creencia de que el poeta, cuando habla de su obra, lo hace *ex cátedra*. Y el crítico así lo presenta, como si de un dogma se tratase. Se olvida demasiado la comprobación que hacemos cada día de lo mucho que el hombre se equivoca al hablar de sí mismo o de aquello que más íntimamente le concierne. La poética es también fluida como la misma poesía, y si ésta cambia en su significación con el lector o la época histórica en la que se la lee, también aquélla puede ser formulada a veces de diferentes maneras, tan válidas unas como otras. Una historia evolutiva de la poética de *El Quijote* exigiría una obra de impredecible extensión.

Estimo yo, en lo que a mí se refiere al menos, que no es previa a los textos, sino que se conforma en ellos. Descubrirla exige unas dotes que no tienen por qué ser las propias de la creación, y aun poseyendo el poeta las pertinentes (cosa que ocurre con bastante frecuencia, como comprobamos al verlas ejercidas en obras ajenas) pueden quedar inhibidas ante la obra propia. En mi experiencia puedo decir que todo lo que es imposición de escribir el poema es, una vez el libro ha sido ya publicado, ausencia de interés por volver a su lectura. Escribir el poema es una necesidad, y es en su inmediata recepción lectora donde se me da la máxima emoción, pero pasado un tiempo ya no me es necesario volver a él. Si vengo obligado a ello es porque me lo exigen ciertas actividades que la época quiere que acompañen al poeta: lecturas públicas o, como en este caso, la demanda editorial que encomienda al autor la selección de sus propios versos.

En ocasiones el poeta ha tratado de desvelar alguna

porción del misterio de la vida, de arañar el enigma a cambio de hallar el apagado resplandor de una significación. Y aparecen las palabras. Y con ellas el engaño de una aparente claridad, o tan sólo una vislumbre de luz, que para la sed del hombre, y arrastrado por la emoción estética, parece en aquel momento suficiente. ¿Cómo añadir otras palabras, desde la distancia razonadora, falazmente seguras, en apariencia inapelables, para la comprensión de ese emocionado balbuceo que es la creación? La carne del poema no suele gozar de persistente duración, pero sí se nos presenta en él, con más abundancia, viva y visible, la conciencia dramática del vivir. Sabida la verdadera tarea del poeta, cualquier otra, aplicada a su obra, habrá de ser estimada como inoportuna, y aun cabría añadir que peligrosa, pues el poema no suele crecer en el estéril territorio de la certeza.

He comprobado muy a menudo, en los coloquios que se establecen tras las lecturas públicas, cómo lo que más interesa a los asistentes es el proceso de la creación, y al mismo tiempo han deseado saber qué ha significado este quehacer para el que lo lleva a cabo, o qué fin es el que persigue con su tarea. Asuntos todos estos de los que apenas se habla entre nosotros, y aunque puedan parecer obvios al que escribe, no parece que lo sean para el lector corriente. Trataré de que mis reflexiones se desarrollen en esa dirección.

Hay muchas maneras de situarse el poeta ante la poesía, y pienso que, en mi caso, mucho tiene que ver la mía con lo que ante ella experimenté en mis años adolescentes. Mis primeros poemas, a pesar de su exagerada mediocridad, me depararon una experiencia mágica; supongo que entonces sólo comparable al uso sexual del cuerpo, si el hallazgo de un tan refinado placer hubiera conllevado la creación de una criatura deseada. Pero esta última experiencia no fue vivida por mí. Así que, situado el muchacho ante el papel en blanco, fluía, como un prodigio, el acontecer de las palabras, y tan peregrina acción iba acompañada de un gran placer nunca antes conocido, con el final resultado de la misteriosa aparición de un cuerpo, a mi parecer, exactísimo. La emoción que allí se me entregaba como ajena, me pertenecía: yo era a la vez la fuente y el sediento.

Recuerdo ahora uno de aquellos días: estoy en una pequeña habitación que da a la anchísima huerta, en la Casa de Retiro de los Jesuitas, situada en el campo valenciano de Alacuás. El espíritu se siente atormentado por unos hostiles Ejercicios Espirituales, sofocantes las oscuras meditaciones, y el muchacho está asomado a una ventana viendo cómo la naturaleza se enciende, después de una tormenta repentina y primaveral, con un sol de resurrección. Han quedado con un nuevo color aparecido las palmeras, más vivos y cercanos los estáticos rosales del paseo, y desde tanto mojado silencio está tornando poco a poco el aroma del azahar de todos los naranjos; parece que la vida fuese sólo ese debilitado olor. Cuando aquella tarde definitivamente caía, el poema estaba acabado: y ante mi asombro era en él donde yo descubría la única realidad acontecida. El muchacho había sido el mágico creador de la tarde, y por ello la sentía como la más hermosa de su vida. No importa ahora que aquel poema fuera definitivamente malo y, con probabilidad, vergonzosamente juanramoniano; es decir, de otro. Yo carecía por entonces de una mínima voz propia. Y, sin embargo, el placer de escribir, la emoción del resultado hallado, nunca fue tan grande como en aquellos lejanísimos años. La ilusión de la creación nunca para mí ha vuelto a ser tan real. Ante los ojos de cualquiera, y también ante los míos de hoy, el resultado era un absoluto fracaso; desde la emoción ebria de la creación, mis únicos poemas incomparables. La vida no me había concedido hasta entonces una emoción más plena que aquel encuentro secreto de mi soledad con la palabra. Ello sellaba extrañamente mi existencia, pues me otorgaba un personal destino. Destino al que nunca he dejado de ser fiel.

El adolescente escribía, en aquel tiempo, desde el asombro y la inocencia, y poco a poco lo fue haciendo desde un apagado dolor. El tiempo ya me había desterrado del mundo de la infancia, y me iba empujando al de los hombres. En él empecé a sentirme herido. Desdeñé toda queja audible, y me serví de la poesía para que sólo, desde el pudor de la palabra más velada, fuese dicha y oída por mí. Allí iba encontrando mi desvelada rebeldía, sólo para mí mismo y enteramente suficiente. La poesía era también, pues, mi fortaleza. Y cuando, a mis dieciocho años, tuve que sacrificar unas creencias que no sólo no me servían ya, sino que me dañaban profundamente, sustituí las muy hermosas y para mí ya vacías palabras por las palabras desconocidas y halladas en la poesía: la fórmula del rezo se hizo verso. La relación con lo sagrado, tal como se me había enseñado, se fue haciendo cada vez más distante, y sólo se mantenía por aquella nueva vía que la palabra, desde su libertad, alumbraba. Recuerdo bien el título de aquel libro, que así me ayudó en el encuentro con mi nuevo y aún maltrecho ser: *Dios hecho viento*. Habrían de transcurrir todavía diez años de escritura secreta antes de la aparición de mi primer libro *Las brasas*.

No importa ahora, vuelvo a repetir, el logro poético de todos esos años, sino lo que entonces, de inmediato, hallé definitivamente: una determinada concepción de la poesía. Aparte de ello, fue aquel tiempo un lento y continuado aprendizaje del oficio, con el deseo de vencer tantas torpezas y dificultades que impedían la expresión personal de un posible mundo. El asombro que, en la adolescencia, era para mí la poesía es, ahora, revelación. La nueva realidad que, mediante las palabras, hago mía, sólo me puede ser dada en el texto; y se trata de una revelación que enteramente me pertenece, que no viene de fuera, sino de mi interior secreto y oscurecido. La poesía no es un espejo, sino un desvelamiento. En ella nos hacemos a nosotros mismos; no buscamos allí reconocernos sino conocernos. Ponemos ante el espejo nuestra persona, somos en él los confidentes de nuestra propia vida, y recogemos la presencia de un extraño que nos borra, y nos suplanta, desde su mentira, con más verdad que la nuestra. Se desprende que, desde esta generalizada postura, el poeta que la asuma estimará poco la poesía como juego, o como pretexto de virtuosismo. Igualmente, le desagradará que en ella puedan aparecer, en desnuda provocación, estos dos exhibicionismos: el amaneramiento o la pedantería. Con la poesía sólo pretende un nuevo conocimiento que habrá de afectarle grandemente, pues lo recibe de sí mismo. Dice y oye, a un mismo tiempo; a la vez, da y recibe el conocimiento. Esta es la función sagrada, si queremos así calificarla, del acto poético. Si el rezo produce la ilusión de la comunicación con lo desconocido, eso que en su expresión suprema llamamos Dios y que por su índole nos sobrepasa, la poesía cumple idéntico cometido con lo humano desconocido y que, por la emoción que nos produce su hallazgo, parece también que nos sobrepasa, que desciende a nosotros. Hay también otra poesía preferida que es, más que de conocimiento, de salvación. Ella intenta revivir la pasión de la vida, traer de nuevo a la experiencia lo que, por estar vivo, ha condenado el tiempo. El poema acomete esa ilusión de detener el tiempo, de hacer que el instante transcurra sin pasar, efímero y eterno a la vez. Y con el instante, el suceder del hombre. No importa que se trate de una ilusión. También Josué creyó detener el sol, y los presentes así lo afirmarían, cuando en realidad lo que había detenido era, en cualquier caso, la tierra.

La función que el poeta adolescente halló en la poesía sigue valiendo para el poeta de hoy. Si el asombro es ahora revelación, las palabras siguen cumpliendo, hoy como ayer, el desvelamiento de lo desconocido y profundo: de lo sagrado. Mas también dijimos que una incipiente y terca rebeldía se había cobijado en la levedad de los versos, y que la poesía, gracias a ella, se hacía virtud cardinal: fortaleza. A estas vencidas alturas de mi obra le dare otro nombre, quizás más preciso: ética.

Es en la esporádica relectura de los versos en donde he ido encontrando la vertebración moral de esta poesía, la cual se me aparece desde diversas perspectivas. Pocas actividades del espíritu son más favorables que la poética para salvaguardar la individualidad del hombre, y creo que esta salvación es, en nuestros tiempos, una tarea de todo punto necesaria para la sanidad de la conciencia. Suena paradójico decir que una robusta moral colectiva sólo será posible desde la formulación de una ética ganada por y para el individuo, sin importar que ésta sea divergente, e incluso contradictoria, con la del prójimo. Es más, sabiendo que necesariamente tendrá que ser así.

Una segunda perspectiva se hace visible en el modo en que moralmente reacciona mi persona ante la visión del mundo que la obra ha conformado. Es una moral de estirpe clásica, y que podemos denominar, justamente, de estoica. Ante una cosmovisión que siente el transcurso del vivir como una continuada pérdida, y en la que el final abocamiento es el vacío, la serena aceptación del destino adverso desde el profundo amor a la vida. Y algo que le acompaña. Con la aceptación del desastre metafísico del hombre, aparece la valoración de su existencia temporal, quedando ésta entonces liberada para el goce. Estoy hablando del hombre que se ordena y toma ser en los poemas. En ellos, su individualidad se presenta, en ocasiones, desde una supuesta amoralidad (e incluso inmoralidad) que, por saberse en oposición a la moral convenida, adquiere también condición moral. Es ella, naturalmente, de índole marginal. Vivida desde la individualidad, y compartida por otras individualidades, su comprensión alcanza, en rigor, valor colectivo. Estas tres apariciones de la ética se identifican en su función de servicio al hombre, en un proceso de liberación de impuestas ataduras, y un resultado, a mi parecer, estimable: aprender a vivir mejor.

El mundo del poeta se va descubriendo a medida que la obra se realiza. Si hay temas que golpean una y otra vez, no aparecen por voluntad sino por fatalidad. Cuando tuve que reunir mis libros en un volumen, el conjunto lo titulé *Ensayo de una despedida,* buscando en él su significación esencial. Se trata, por un lado, de la despedida de la vida, concepto que se nos hace presente cuando, ya muy pronto, tomamos conciencia de nuestro destino mortal. Por otro, esta despedida es también la conciencia de las sucesivas pérdidas en que consiste el vivir. Asistimos a un empobrecimiento sin pausa desde la adolescencia a la vejez. Empezamos por perder la inmortalidad y, después, la inocencia. Es decir, dejamos de ser dioses y nos convertimos en culpables. Después de esas dos pérdidas, que califican al hombre en una inferior naturaleza, las pequeñas e innumerables que se suceden.

En mi poesía es más vasta y rica la temática temporal que la estrictamente amorosa. El tiempo es mi cuerpo y mi enigma, y también el fracaso definitivo; el amor es mi inserción en el tiempo con la intensidad máxima, el deseo de mi mejor realización posible, y es también un fracaso que, aunque no tan absoluto como el de la mortalidad, puede ser más doloroso. La relación del tiempo y del amor en mi personal experiencia es una verdad distinta a esa misma relación expresada en el poema. No se corresponden exactamente; en el resultado poético la relación, por una parte, se profundiza, y por otra se empobrece. Yo diría que, en mi obra, la vida, entendida de un modo nada estricto, es el origen del poema, pero que, a su vez, esa vida, tal como se presenta al lector, es el resultado del poema. Son dos realidades distintas, las dos verdaderas, que se complementan y que tan sólo en mí, no en el lector, alcanzan su unidad.

Mi poesía es un resultado de mi persona, y mi vida es todo lo que me sucede. Estos sucesos, en densa continuidad, originan mis experiencias vitales, conscientes unas veces, inconscientes otras. La poesía parte de esta realidad existente para hallar, como ya hemos dicho, una nueva realidad, la cual no le es conocida, pero que existe en potencia, y que por eso podrá llegar a ser. El resultado final es una nueva y singular experiencia, que podemos denominar experiencia poética.

Bastantes veces la realidad desde la que me llama el poema carece de cuerpo, y es sólo el sentimiento de una emoción informulada, que se me presenta como un poderoso y necesario impulso de escribir. Urge entonces penetrar en ese territorio silencioso y oscuro, y para ello suelo servirme de unos soportes imaginativos (imágenes o experiencias) que se presentan azarosamente en palabras. Paulatinamente, y entonces con la ayuda también de la presencia lúcida de la conciencia, llega, con el desarrollo del poema, la manifestación de una realidad desconocida.

Las más numerosas ocasiones son aquellas en que el poema parte de unas concretas experiencias vitales, cuyo sentido profundo sólo podrá descubrírseme en la escritura, y con ella la posesión de un nuevo conocimiento. Cabe preguntarse ahora si en una determinada experiencia, que pasado el tiempo será la que origine el poema, las escondidas significaciones o las inéditas relaciones de tipo espiritual que se nos revelarán en el texto, estaban ya allí, aunque de manera escondida, en aquel su transcurso vital. Mi respuesta es que, en la mayoría de los casos, no lo estaban; al escribir solemos añadir al texto nuevas realidades que, aunque sólo fuesen imaginativas, alcanzan la misma necesidad y verdad que el núcleo originador, y que gravitan con no menor fuerza.

Mas no olvidemos que el poema está siempre escrito desde el hombre. Y así las imaginaciones, o aun los mismos hallazgos del azar, todo en el poema está haciendo referencia única al que lo ha escrito, nada hay que no dependa de él. De ahí que en toda gran obra exista un mundo coherente que, con la identidad del estilo, se entrega absolutamente personalizado. La autonomía de la experiencia poemática respecto de la experiencia vital que mayoritariamente lo origina admite grados, pero siempre tienen ambas en común su absoluta dependencia respecto de una misma persona.

Alguna vez, y es caso extremo, la concreta experiencia vital que me impulsa a la realización no aparece para nada en el poema; éste la rechaza y, si allí está, lleva una máscara que la invisibiliza, o es puro vacío: el único lector que sabe de su fantasmal presencia es el propio autor, y es posible que, pasado el tiempo, se le torne imposible también a él su reconocimiento.

De los emocionantes escombros de la vida surge la motivación del poema, pero sin que casi nunca sea mi voluntad la que elige. Desde allí, algo ha brillado exigiendo la salvación por la palabra o el conocimiento de su lado oscuro. No accedo a esa llamada desde ningún sistema de valores que justifique ante mí aquella salvación, y aún sucede que cosas importantes de mi vida, no olvidadas nunca, y que incluso han influido fuertemente en la formación de mi persona, no me piden existir en la poesía.

Por esta razón, hay poemas que me son particularmente deseados y, por eso, gratificadores. No se trata en ellos de sucesos o experiencias cuyo escondido sentido habré de conocer sólo en los versos, sino de experiencias, posiblemente repetidas a través de la vida, cuya profunda significación me ha sido dada a conocer en un proceso vital, y aunque no escrito, semejante al poético: como estremecida revelación. Es un descubrimiento que continuadamente revivo, que no se gasta, y siempre se me presenta con el deslumbrante halo de su primera formulación. Es esto lo que posibilitará su existencia en el poema. Siento que testimonia una parte fundamental de mi persona, y en su enunciación me parece haber aprehendido una manera mía de concebir el mundo, tan exacta y verazmente me siento allí expresado. El éxito del poema consistirá en realizarlo de tal modo que el lector, al recibir tal significado, lo perciba como dado sólo en el poema, y le represente una emoción aproximadamente semejante. No es fácil trasladar esta cristalizada significación al poema, de manera que en él no aparezca como una formulación sabida de antemano, sino que lo haga con la misma sorpresa o espontaneidad que ocasionó su descubrimiento. El poema consistirá en revivir esa emoción, que no ha dejado nunca de actuar como tal en mi vida. Si la poesía es siempre un dificultoso rescate de la existencia, éste puede parecer al que escribe, por su índole y quizá engañosamente, el menos precario de todos. Son poemas muy escasos.

Me interesa también la poesía que, en su cuerpo de palabras, hace entrega de inteligentes percepciones de la vida. Con más modestia, sin aquella vasta comprensión de su alcance que veíamos en el caso precedente, el origen y el proceso de escritura son semejantes. La índole e intensidad de las emociones, vital y poética, también deberán ser lo más parecidas posible. Estas percepciones pueden no representar el núcleo principal del poema, sino tan sólo uno de sus componentes, a veces de tan breve como exacta aparición.

Son muchas y muy variadas las motivaciones de la escritura. En ocasiones son ligeros apuntes poéticos no desarrollados, que pasado el tiempo, a veces los años, impulsan el poema. Mas éste ya no pertenecerá a aquel momento primero, sino al posterior, a ese exactamente en que se escribe, con los cambios que la evolución sufrida por el poeta, tanto estilística como humana, impondrán. O puede llegar de una imagen cinematográfica. O acaso de la lectura de otro poema, con la sorpresa de que casi nunca ambos textos tengan que ver entre sí. Considero extraño que esta motivación de la lectura no sea en mí más frecuente, porque si deseé el sino del poeta fue porque lo descubrí en otros, y fue la lectura de aquellos poemas ajenos la que impulsó la primera aparición de los míos.

Una de las motivaciones más frecuentes en mí, y a la que he aludido páginas atrás, es la necesidad de ese intento desvalido de fijar el tiempo que se nos escapa, de salvar esos momentos de dicha o de dolor que tan precariamente nos pertenecen y que, en definitiva, somos nosotros mismos. Creo que el conjunto de mi obra, aun en los momentos en que aparece el cántico, no es otra cosa que una extensa elegía.

Ya hemos visto que el poema está hecho desde toda la compleja y acumulada experiencia vital que define a su autor, y cómo en su resultado de palabras es la experiencia poética la nueva y sola realidad. La única existencia es ya la del texto. A partir de aquí empieza a actuar otro inédito e importante entramado vital de experiencias, el del lector. Esa superposición del texto poético, ya autónomo de su dios, y de una ajena e individualizada humanidad es la causa de que todo poema sea, cuando se lee, distinto y exclusivo. Aquella sucesión de palabras es leída desde nuestra riqueza y desde nuestras limitaciones, tan dispares todas ellas del que las escribió como de cualquier otra persona desconocida. Si aparece el mar, será el que nosotros hemos experimentado, y a ese genérico árbol lo concretamos en una de sus mil presencias posibles, y vestiremos la belleza humana, en todo lo que el poema nos permita, con una faz tan exclusiva, que nadie podrá tornar a ver nunca en aquellos versos, y la edad será la que hubo en aquella experiencia oscura y sólo nuestra que se apagó para siempre, y es muy posible que el texto permita la heterodoxa y dual libertad del sexo. La traducción plástica es de exclusiva responsabilidad del lector. Aunque también es posible que se lea el poema con mucha menor concreción, acomodando la emoción receptiva a una mayor neutralidad de la representación, apenas distanciándose de la abstracción de las palabras. Aun así, estimo evidente que un mismo poema alcanzará siempre unas irradiaciones distintas, mayores o menores, según sea la sensibilidad *creadora* del que a él llegue; de ahí que muchas dormidas posibilidades que existen en la riqueza de un poema puedan ser señaladas por otro al mismo poeta quien, desde luego, no las llegó a percibir lúcidamente y, con mucha probabilidad, no llegó a sentirlas cuando se dispuso a leer. Por eso, no puede haber buen crítico si no hay detrás un lector excelente. Ahora bien, la lectura debe hacerse con entregada sumisión al texto. Si, abultando el ejemplo, un poema triste produjese regocijo a quien lo lee habría que preguntarse de inmediato quién era ahí el demente, si el autor o el lector.

El impulso que llama inmediatamente a la creación es en mí, como vimos, muy variado, y se multiplica si lo ensanchamos a los demás. Hablaba cierta vez con José Hierro sobre este particular, y quedé sorprendido ante su confesión de que a él la llamada del poema le venía impuesta por la aparición de la música del verso: es decir, le llegaba un ritmo, absolutamente vacío de palabras, aunque presumo que cargado de emoción, que le exigía un contenido verbal. Como se trataba de un poeta por mí muy estimado, dí por buena aquella extraña inspiración, de la que nunca me había sentido beneficiado. Lo comenté un día con Carlos Bousoño, igualmente admirado, y vino a corroborarme que él también gozaba de tales visitaciones. Llegué entonces a la conclusión de que ellos participaban de una de las maneras tal vez más comunes con que la poesía quiere insinuarse a quien la hace, y que mi asombro partía, si no de una sensible carencia por mi parte (ya que los caminos son muchos, y por ello suficientes), sí de una sorprendente inexperiencia al propósito.

Es sabido que el ritmo es condición inexcusable del poema cuando en él se hace uso del verso, mas en sí mismo no lo considero su componente más importante. Con un mismo ritmo (lo cual implica identidad de sílabas y acentos) el resultado estético de dos textos puede ser muy bueno o pésimo, hasta el punto de que, al leer ambos, no solemos reconocer en ellos su exactísima identidad métrica. La pregonada música del poema, como tal música, es extremadamente pobre. Le sucede lo mismo que al repertorio plástico del toreo, que en sí mismo, y más si lo comparamos con el del ballet, es tan escaso como aburrido. Mas basta que la pobre música del poema se nos entregue felizmente vestida de palabras, para que la emoción pueda igualarse en su intensidad a la más compleja e inspirada de las músicas. Como también será suficiente que un torero, tocado por la gracia del arte, dé lento curso a tan monótonos movimientos, frente a un verdadero toro, para que la emoción plástica pueda igualar, o aun superar, la más alta emoción de la danza.

Lo que importa en poesía es la palabra: la palabra significando en libertad. Y en esa significación actúa todo: ritmo, procedimientos, sorpresas lingüísticas, aciertos fónicos, etc. Pero también (y sobre todo), y a esto quería llegar, el valor semántico del vocablo, y en agrupación con los otros, sus connotaciones y sugerencias. El valor poético de las más bellas aliteraciones de un verso no viene dado tan sólo por el hallazgo de unos sonidos que encantan su audición sino, en tal grado o más, por su adecuación al contenido. Prestamos oído al verso de San Juan de la Cruz: *un no sé qué que quedan balbuciendo,* y lo que nos asombra, en último término, es la mágica e inesperada precisión con que se ha expresado aquello que se deseaba o necesitaba decir, y que va más allá de la que pudiéramos imaginar como más exacta comunicación lógica. Escuchar el más musical de los poemas chinos, desconociendo el idioma, puede ser tal vez un leve y curioso placer, o con más probabilidad, si el texto se alargara, un ejercicio insoportable. Es seguro que, de inmediato, estaría demandando de nosotros el conocimiento de la escondida acepción de aquellas palabras, que nos llegan rebajadas a la sola naturaleza de sonidos.

Ha dejado escrito y bien demostrado Carlos Bousoño que en la poesía no buscamos verdades. Y, sin embargo, sí que nos importa lo que un poema dice, pues es esto que se me dice lo que me conmueve. Y, como creador, puedo afirmar que me importa mucho lo que en él digo. Pero aclaremos: no valen más allí la originalidad, la novedad o la objetiva verdad que sus contrarios. Tampoco valen menos. Sólo esperamos que desde el poema se nos transmita un cuerpo de intensa emoción. Y ésta se nos comunica, haciendo uso de unos determinados procedimientos, encarnada en palabras y, con ellas, se nos da una personal visión del mundo. Mas lo que a ésta la hace valiosa es tan sólo su capacidad de entregarnos una emoción, única verdad que buscamos en el poema.

Pondré un ejemplo que, a la vez, habrá de servir para demostrar la muy distinta naturaleza de la emoción poética respecto de otras valiosas emociones. Pensemos en un hombre de ciencia que, al mismo tiempo, fuese escritor, y que quisiera ofrecernos en un poema una visión cosmológica, llena de interés por sí misma, brillante y sugestiva, e incluso que comunicara una verdad nunca antes sabida: si su resultado no fuese poético no nos emocionaría. Mas si lo fuese, aquel mismo contenido científico, tan personal, obraría en nosotros el máximo deslumbramiento. Sin salirnos del mismo supuesto, es también seguro que un poema que tratase el asunto con ideas tópicas o sabidamente erróneas, podría estremecernos con la misma intensidad; por ejemplo, un poema del mismo carácter en el que la tierra siguiese ocupando el centro del mundo físico. Y es seguro que, en estos dos últimos casos, recibiríamos la emoción a través de aquello que se nos comunicaba. Sin embargo, tras el fracaso en la primera de las hipótesis, podría el científico, haciendo uso de la prosa, emocionarnos con la estricta comunicación científica, y tanto más cuanto su objetividad la hiciese más universal, y su demostración más inapelable. Y es que la índole de ambas emociones es distinta. La poética está conformada al contrario que la científica, con muy diversos acarreos subjetivos, y exigiría con seguridad todo lo que al científico estorbaba: afectividad, imaginación, sensorialidad, entre otras, para que el pensamiento no fuese sólo razón comunicada, sino poética. Es esta emoción, tan agudamente individualizada, la verdad que se persigue en la poesía, y por ser tan personal la recibimos como única. A la verdad científica, que también pretende ser única, pero en el sentido de universal, le repugna la ambigüedad de la poesía. El poeta, a diferencia del científico, aun en los casos en que parece que su atención está tan sólo fija en el mundo exterior, no hace sino explorar, buscar significaciones de su mundo interior. El poeta escribe desde su individualidad, aunque lo que tratara fuese de abrazarse a la humanidad, mientras que el científico, por los métodos operativos de que hace uso y la finalidad que busca siempre, trabaja desde un colectivo humano. De ahí que una verdad científica, emocionante por sí misma, sólo será verdad poética si se produce su transustanciación. Y es que se trata de dos emociones y también de dos lenguajes distintos, el portador de una verdad ya sabida de antemano y que se dirige al intelecto, y el que sólo puede hallar esa verdad en ese mismo lenguaje, y que espera el asentimiento conmovido de todo el ser, en el que la razón sólo es una parte, y no la que más importa. La ciencia tiene que convencer; a la poesía le basta con seducir.

Cuando alguien desalentadamente afirma: «todo está dicho en poesía» nos hace ver que tal vez ha entendido mal cuál es la función que ha de esperarse de ella. En poesía más bien «todo está siempre por decir», por cuanto el mundo está siempre cambiando, o «todo está por repetir de nuevo como si aquello se dijese por vez primera». De la misma manera que al hombre, cuando ha nacido, no le importa saber que como vivo está repitiendo la vida de los muertos. Nada mengua tampoco el dolor que sufre por saber que antes que él otros han agotado esa experiencia, ni siente marchitado un placer, o disminuida su intensidad, porque sepa que antes alguien lo ha gozado, y quizá en un mayor grado. En este sentido, el nombre que de niños nos debiera corresponder a todos es el de Adán. Toda mirada que conmovidamente se dirija al mundo físico, o al mundo interior, es susceptible de transformarse en poesía. En ésta buscamos los lectores una directa comunicación, no importa que su expresión o su comprensión pueda ser difícil, con la ajena emoción del hombre. Y en ese otro reflejamos, en ese momento, nuestro ser transformado, y nuestra humanidad queda enriquecida, y ensanchada la conciencia.

Esa emoción, que puede corresponder a la expresión de una nueva sensibilidad, hasta entonces nunca revelada, puede también venirnos de la expresión de un sentimiento cotidiano, e incluso tópico: por ejemplo, de una queja amorosa. Lo que nos importa en la lectura del poema es, en definitiva, aquello que el poema nos dice (pues se nos comunica la emoción humana de un muy determinado sentimiento o experiencia, el que allí se expresa: que no sería heroico, o religioso, o de entusiasmo en este caso, sino amoroso y melancólico, porque esa sería su índole precisa), pero sabiendo muy bien que aquello nos ha interesado de tal manera porque se supo decir adecuadamente (poéticamente). Es muy probable que sólo sintiéramos indiferencia ante la anécdota vivida que hay en la sustentación del poema. Y, sin embargo, sí que nos interesa (hasta el estremecimiento) su encarnación en él. Un poema nunca puede ser trivial. Alababa yo un día a alguien por su poesía amorosa, y quien me escuchaba, sonriéndose, apostilló: «Yo también gustaba mucho de ella hasta que conocí a su mujer (se refería a su aspecto físico); desde entonces, cuando le leo, en vez de poemas me parece estar leyendo chistes.» Es evidente que el comentario estaba hecho desde la malicia, pero los dos sabíamos su falsedad. Podemos asentir en un poema a la exaltación que alguien hace de la belleza de otra persona, o de sus cualidades espirituales, y con ello sentir una profunda conmoción ante *tal contenido así expresado* y, sin embargo, seguir ciertos de que si aquél fuese nuestro objeto poético, sólo impulsaría en nosotros la expresión de una burlona o acerba sátira. Es muy probable que nuestro juicio sobre la persona, si es que la conocemos, no haya cambiado tras la lectura, pero es evidente que en el poema yo no buscaba hallar mis propios sentimientos u opiniones, sino la emocionada experiencia humana que se me ofrecía en aquel texto. ¿Es posible imaginar que existan muchos disolutos que al sentirse conmovidos, en la lectura de un poema, por la templanza de la virtud, conviertan sus arraigados y apetecidos hábitos? Habrá que pensar que es hecho aún más difícil que su contrario; y yo no he encontrado todavía a ningún abstemio que, después de gustar la reiterada y variada argumentacón del viejo Khayam, se haya hecho ardoroso cómplice del vino. Mas estoy por asegurar que tras estas lecturas los ebrios habrán sumado algunas comprensiones personales. Y también los virtuosos.

Ya dijimos que en los poemas hay hondas significaciones que, aun después de sucesivas lecturas, el propio autor no ha percibido conscientemente. Y todas ellas, sin embargo, le pertenecen por entero; son sólo su carne y su espíritu los que las han hecho posibles. Esto indica lo mucho que hay de oscuro y misterioso en la creación poética. También quiero dejar señalado nuevamente algo que no deja de ser tan sorprendente como enigmático. Siendo la poesía un campo ilimitado de posibilidades temáticas y emocionales, suele aquélla actuar en el poeta de manera duramente restrictiva, hasta el punto de que expulsa del cuerpo poético asuntos que en su vida de hombre son de importancia suma. Y así hay quien daría con prontitud su vida por el triunfo de unas determinadas ideas políticas o religiosas y no aparecen las mismas en un solo verso de su producción, y otros casos en que esa ausencia es referida a un amor hondamente sentido, ya sea el de una continuada y dichosa convivencia familiar, o uno de esos amores que irrumpen súbitamente desde la pasión. Asombra la ineficacia con que, en este sentido, opera la voluntad. En lo que a mí se refiere, los aspectos felices de la vida no son cantados nunca, o apenas, desde su inmediato goce; así como los momentos exultantes de amor, o la participación de la alegría, son acontecimientos prestigiosos que, en mi poesía, sólo aparecen desde su pérdida. Parece como si no hubiera necesidad de buscar ninguna escondida significación en la dicha, pues ella, cuando existe, sólo exige su estricta realización. Esta limitación creadora es tanto más extraña cuando consideramos que ella no se produce en nosotros al ser lectores maravillados de estos mismos acontecimientos en otros poetas.

Sigamos tanteando en este extenso y cerrado campo de misterio. He dado por supuesto el poder desvelador con que obra la poesía respecto de la potenciación estética y espiritual del hombre que la escribe. Afirmación verdadera cuando el poema es un logro, mas no siempre válida si la extendemos a quien fracasa en la tentativa. Tampoco creo, y por idénticas razones, que un resultado más tosco indique ineludiblemente una mayor tosquedad en el hombre que es ese poeta si se le compara con el hombre que ha conseguido un más afinado, y aun exquisito, resultado. Si todo esto es verdad, y trataré de probarlo, se está subrayando de nuevo el carácter oscuro del proceso creador.

Asistimos, con frecuencia suficiente para que lo estimemos como prueba, al hecho penoso del poeta que, sin haberle dado voluntariamente la espalda a la poesía, deja en absoluto de escribir. Da la impresión, en estos casos, de que la poesía se ha ausentado con tanta injusticia como la turbadora belleza de un rostro adolescente al que habíamos dejado de ver sólo unos pocos meses. Cuando aquello ocurre nos admira la honestidad y lucidez con que estos poetas han decidido callar. Pues lo acostumbrado, y lo lamentable, es que el poeta no se aperciba de que ha dejado de serlo, y de que la poesía, como una amante desdeñosa, se ha ausentado furtivamente, mas para siempre. Aunque es posible también que un día nos la encontremos de nuevo sentada ante nosotros, con la sonrisa inocente de quien nos quiere persuadir de que tan sólo se había retirado a la vecina habitación. Pero lo que hace impenetrable el hecho de que un poeta muera como tal, es que esto muy a menudo ocurre sin que el hombre haya cambiado esencialmente, sin haber sufrido pérdida alguna de facultades personales, e incluso siendo portador de un mayor caudal de conocimientos y de experiencias, y quién sabe si poseyendo una más decantada sensibilidad. Esto indica que el poeta sólo existe cuando escribe, y en los restantes momentos es sólo el hombre que es: alguien que posee unas capacidades que permiten el nacimiento de una obra poética, pero que no por eso tal acontecimiento forzosamente ha de producirse. Una misma persona, dueña de unas facultades suficientes para realizar una obra, puede ser un poeta en acción, alguien que transitoriamente no lo es o que ya ha dejado de serlo para siempre, o uno de tantos que no lo ha sido nunca ni lo será. Todas estas variadas y aun contradictorias realidades son posibles desde una misma plenitud humana. En dos individualidades colmadas y ricas las posibilidades pueden tener esta misma disparidad. Así, pues, el poeta no tiene por qué ser dueño de una sensibilidad más aquilatada que la que enriquece a un determinado y neutro ciudadano. La única y determinante diferencia es que uno de ellos detenta ese misterioso don creador, el cual estará necesitado de que le acompañe otro requisito: la vocación. Todo ello hace propenso al error el juicio que hagamos del hombre según los resultados poéticos que nos entrega. Aparte de que, a menudo, los poemas reiteran unas muy contadas obsesiones que impulsan la escritura; ésta es quizá la razón por la que llega un momento en el que algunos poetas dejan de escribir: han dicho ya, y bien, aquello que era lo único que les impulsaba a hacerlo.

Si hubiésemos de juzgar, por las pequeñas muestras pictóricas que nos han llegado, la sensibilidad de comprensión y goce del paisaje de un joven llamado Juan Ramón Jiménez, haríamos éste, u otro semejante, duro juicio: he aquí un espíritu mediocre. Ese mismo joven, y haciendo uso de un arte que sí le era propicio, muestra aquello mismo con magistral acierto. Y apostillamos de inmediato: he aquí un espíritu superior. Y para que el ejemplo sea más contundente, observamos que la mirada dirigida al paisaje se hacía, en ambos casos, desde unos mismos supuestos estéticos. La tentativa pictórica nos colocaba ante un pobre y epigonal impresionista; la literaria nos sitúa ante un impresionista innovador y excepcional. Y ambas se hacían desde una misma sensibilidad humana. La calidad espiritual del hombre, no pudiendo ser más que una, se entregaba unas veces en su real valor; otras, por el contrario, nos equivocaba, hasta el punto de que nos obligaba a hacer un juicio, justo a los ojos de todos, pero en realidad rotundamente falso.

¿Desde dónde se realiza una obra de arte? ¿Cuáles son los condicionamientos necesarios para ello? ¿Qué requirió, por ejemplo, su autor para dar cima al Quijote? Y pensamos entonces que esta obra es el resultado de una conjunción de hechos y de condiciones que atesoraba la persona: la variada y rica experiencia de la vida, su innata y cultivada sensibilidad, una poderosa imaginación, una noble y honda afectividad, un vigoroso entusiasmo, una profunda inteligencia, una aguda capacidad perceptiva y sensorial, una extensa y suficiente cultura, unido ello a la natural posesión de su oficio de escritor y, en concreto, de novelista. ¿Desde qué condicionamientos, pensamos ahora, se puede hacer una gran poesía? Y de nuevo enumeramos la sensibilidad, la inteligencia, la imaginación, la afectividad, la experiencia, el entusiasmo, la sensorialidad, la cultura y el oficio propio, en este caso, de poeta. No creo que si nombráramos cualquier otro requisito importante lo aceptara como bueno uno de los géneros y lo rechazara el otro. Es legítimo imaginar y desear la existencia del extraordinario poeta que se podría haber dado con todas estas enumeradas condiciones, potenciadas al alto nivel del autor del Quijote. Y bien, tal poeta existió, y sus resultados fueron, no obstante, mediocres. Se llamaba Miguel de Cervantes. Conocía bien el oficio poético, y era depositario además de una condición absolutamente necesaria, y que no habíamos nombrado aún, vocación, y con ella, la voluntad de ser poeta. No deja de ser un profundo misterio comprobar el fracaso de Cervantes como poeta, estrepitoso si lo comparamos con la lograda excelencia de su gran libro en prosa, en el que tan colmado nos llega el más hondo y puro espíritu poético. Pues nada falta a la persona, es imposible adivinar cuál es la causa de que falle el proceso creador en el verso, y así los esperados resultados no se originen. He aquí también, otra vez más, un ejemplo que nos demuestra la inadecuación que tantas veces se establece entre la calidad del hombre y la de la obra. La de aquél no queda reflejada en ésta. Sólo la existencia del gran libro en prosa es capaz de obligarnos a que rechacemos de plano nuestro pronto y equivocado juicio de ese hombre que, a través de los versos, nos había comunicado un mundo espiritual que nos dejara tan poco conmovidos.

¿Quién será ya el audaz que juzgue como inevitablemente pobre la sensibilidad de un hombre, por ser éste autor de una obra ininteresante? La posible validez del juicio requerirá, al menos, una comprobación menos frívola o precipitada. De entrada, la única indigencia que podemos determinar con garantía de verdad será la de su capacidad creadora en ese arte en el que, con tan escasísima fortuna, se ha expresado.

¿Cuál es la faz en la que se nos entrega el poeta? No es otra que el mundo que descubre a través de un lenguaje que le caracteriza. Es esa visión del mundo, más o menos vasta y abarcadora, que golpea una y otra vez en unos determinados blancos u obsesiones, expresada por medio de un lenguaje tan personal que conforma un estilo, el rostro de una poesía individualizada. Solemos darle a ese rostro, no sé si con absoluta justicia, las facciones de su autor. Conseguir ese resultado es logro de por sí difícil. Llegar a la gran poesía resulta tan raro que en una literatura de tan rica tradición como la española ha habido algún periodo de más de dos siglos sin rastro de ella.

Supuesto que el poema se escribe desde la persona, pienso que si la experiencia vital de ésta es pobre, si su capacidad de sentir la vida es escasa, su resultado no podrá ser demasiado interesante, aun teniendo en cuenta lo que hay de misterioso e imprevisible en el proceso creador. Tampoco puede haber tras el poema una debilitada imaginación, pues desde ella, y desde las palabras, se hace principalmente la inquisición de ese vasto cuerpo opaco que dará como resultado la existencia del poema. En mi caso, la imaginación es primordialmente visual, tanto si su ejercicio se dirige a la luz del mundo exterior, para celebrarlo o interrogarle, como si se dirige a la oscuridad interior, en pos de su desvelamiento. Supongo que en mi obra esto podrá ser corroborado con facilidad, porque yo sé muy bien que el poema lo busco, no sólo con las palabras, sino con la mirada. Otra condición que no puede flaquear es la capacidad crítica, ya sea de un modo intuitivo (que es la mejor) o reflexivo (más insegura), pues nada debe llegar al poema que no se integre en él con coherencia y armonía, y me refiero también al decir esto a ciertas características del hombre, que a veces son fundamentales, para mal o para bien, en la definición de su humana personalidad, pero que dañan en el poema. Puede tratarse lo mismo de defectos que de virtudes. Un buen poema es posible escribirlo desde el odio o la venganza, y a veces puede perjudicar a un texto la piedad o la inocencia. Si me desagradan, como ya dije, el amaneramiento o la pedantería en un poema es porque suelen reflejarse en él defectos de la persona absolutamente innecesarios para el ser del poema y que, desde su llamativa gratuidad, hacen enfadosa la lectura. Hay poetas que con sólo una cita de tipo cultural dejan sellado el poema como pedante y, sin embargo, su acumulación en otros (un buen ejemplo es el de Borges) no disminuye en nada su exacta y lograda naturalidad. En el primer caso, tenemos la impresión de que el hombre ha invadido destempladamente, sin ningún respeto ni conocimiento, el poema; que aquél se siente más importante que el texto, con lo que logra que el juicio no se haga a éste, sino a su persona y, al disentir de ella, ya no asentimos a los versos.

Desde el momento en que se inicia un poema, a partir de ese primer verso, las posibilidades de distintos textos son teóricamente infinitas. Esto produce siempre la inquietud de haber acertado o no en dirección de uno de esos buenos textos posibles, o el temor de haberlo malogrado por impericia, desatención, o por una falsa intuición. Creo que al poema lo dirigen menos las ideas como tales ideas que la diversidad de imágenes que se vienen a la mente, o que las palabras en sí mismas, no importa si buscadas o azarosas, o las distintas experiencias que se presentan de improviso en ese ejercicio espiritual que es el trabajo poético. Al menos, en mi caso, el pensamiento del poema se me va descubriendo al tiempo que lo escribo. Cuando en el papel se ponen voluntariamente proposiciones lógicas es en función de que sean mediadoras de un pensamiento poético, que siempre resulta potenciador, y va más allá de lo meramente explícito.

El lector puede encontrarse ante un poema que no parece poder ser variado en una sola de sus palabras, y aun considerarlo perfecto en su realidad y, sin embargo, es seguro que aquel texto pudo escribirse con muchos cambios menudos, e incluso pudo modificarse sustancialmente, sin que dejase de darnos esa misma impresión. Precisamente porque existe la posibilidad de muchos poemas distintos y, a la vez, logrados, se consiguen con alguna frecuencia resultados suficientes o buenos. Si en cada acción poética sólo hubiese un poema posible nadie podría conseguirlo. El lúcido trabajo del poeta, que demanda siempre la ayuda del azar, intentará una de esas posibilidades, mas nunca llegará a saber, y esto es causa de muchas penosas insatisfacciones, si ese resultado pudo ser portador de una mayor plenitud.

Es muy variado el método que cada poeta sigue en la realización del poema. Suele esto llevarse con considerable secreto, el cual tiene mucho que ver, según creo, con el pudor. Mas no solamente, pues hay que tener en cuenta lo mucho que en la ejecución está laborando eso que los pintores llaman «cocina», y que tan celosamente suelen ocultar. Esta, en la poesía lograda, no se percibe, pues el texto se nos presenta colmado de espíritu, y aquélla se invisibiliza tras un estilo que valoramos como personal, y que identificamos con la voz natural o propia de su autor. Mas cuando el poeta entra en decadencia, o simplemente fracasa en su tarea, aflora aquélla con tan escandalosa presencia que lo que estimábamos como valiosa voz o rostro personal, se nos aparece como mero oficio, y así lo que de modo tan natural facilitaba, sin que se dejase notar, el logro artístico, es ahora, a nuestros ojos, tan sólo un conjunto desestimable de trucos, tics, recursos convencionales o reiteradas maneras. Testificamos, en estos casos, la gran tentación y capacidad que tiene el arte, cuando por defecto sólo simula el serlo, de intentar existir o sobrevivir en el autoplagio.

Hay veces en que aparece desnudo, y ya definitivo, como en el Paraíso el primer hombre, el primer verso, y tan lleno de poderosa energía que nos disponemos, desde su seguridad y vigor, a que, en el azar y oscuridad del tiempo del poema, vayan apareciendo, sucesivas y fatales, las generaciones de los versos. Surgen los poemas, en ocasiones, de una vez, casi sin necesidad de corrección alguna, y en otras exigen una tarea de meses o de años. Debo añadir que la facilidad o laboriosidad con que un poema ha sido escrito no determina nunca la bondad del mismo. Y no creo que nadie pueda discernir, en su lectura, la facilidad o dificultad de su ejecución. La probabilidad de acertar en ello es, al menos, la misma que se tiene de equivocarse.

Recuerdo cuánto me sorprendió, una tarde en Cambridge, el descubrimiento de la manera de hacer de Claudio Rodríguez. Al dejarme leer los poemas que tenía inéditos por entonces, pude asomarme también a los que sólo estaban en curso de gestación. Las versiones de cada uno de ellos eran muy numerosas, pudiendo llegar a la decena, pero lo inesperado para mí fue ver el método de composición de algunos de aquellos textos. Podía leerse un cuerpo más o menos extenso de iniciación del poema, el cual se interrumpía en un momento dado; más adelante, tras un desierto blanco, que podía ocupar un espacio considerable del papel, retornaban de nuevo los versos que, poco después, volvían a cegarse. En alguno de aquellos poemas, se encontraba ya escrito el final, cuando el conjunto estaba sólo entrevisto en su posible desarrollo. El asombro máximo fue descubrir, en alguna que otra ocasión, una solitaria palabra, a la que aquí podemos denominar isla, ya que se encontraba enteramente rodeada de un espacio tan blanco como silencioso. De inmediato se percibía que aquel sería un punto irradiador de poesía y, al comprender su importancia en el poema, su desnuda y todavía muda esencialidad se cargaba de un misterioso y desencadenante poder.

Si tanta sorpresa me causó todo ello fue porque yo escribo siempre el poema en su continuidad (como aquel que, casi al tiempo que descubre el territorio, se impone su conquista, y aún intenta que allí rija ya un orden logrado), sin dejar espacios en blanco para cubrirlos posteriormente, aunque sí quedan escritas palabras, y aun versos, que sé sólo provisionales, y sobre los que habré de volver: el tiempo que me exigirían de inmediato podría impedir el desarrollo feliz de la composición. Puede ocurrir también que, ya perfilado, el poema me exija impulsivamente nuevos versos en alguna parte de su cuerpo o la supresión razonada de otros. Este ajuste posterior que, a veces, afecta decisivamente a la estructura del poema, puede hacerse desde un apreciable distanciamiento.

El paso del tiempo, y con él la supuesta adquisición de un mejor oficio, no me ha dado una mayor facilidad de escritura. Ante la hoja en blanco, y con el deseo inaplazable del poema, me siento tan inseguro como en cualquier época anterior de mi vida, y puedo afirmar que siento cada vez mayor la incertidumbre de obtener un buen resultado.

Hay en la creación, según la experimento, una inmersión y un distanciamiento alternativos. En la primera acción, hallamos; en la segunda, corregimos, o desechamos, o incorporamos. Mas todo ello se produce con una cierta borrosidad en los límites, pues en la elaboración del poema hay un continuado y confuso perderse y encontrarse, un liberarse en el vacío de sí mismo para poder hallar, y una búsqueda de la luz que proyecta la conciencia para poder seguir avanzando hacia ese encuentro de la nueva realidad.

En el tratamiento que hago del lenguaje tiene, pues, una enorme importancia la intuición; es decir, la fatalidad expresiva. Mas actúa también, con necesidad, la reflexión; incluso el análisis crítico. Éstos acometen su acción sobre los espacios inexpresivos, o dudosos, o sobre las traiciones del lenguaje, y también sobre la estructura del texto.

Es la intuición, principalmente, la que dirige también la evolución expresiva del conjunto de mi obra, y creo que esta evolución ocurre según las necesidades del mundo que ha de darse a luz. No actúa en mí la previa voluntad del cambio, la búsqueda de un lenguaje que habrá de ser aplicado como el traje al cuerpo; si seguimos con el símil, no se trata de ropa sino de piel, y ésta va transformándose con la fatalidad que el tiempo, o las posibles circunstancias, señalan en el cuerpo del que forman parte.

Pondré un ejemplo. La sección satírica de *Aún no* dejó

tan sorprendido al lector habitual de mis versos como a mí mismo. El acentuado conceptismo, la multiplicidad de los procedimientos que allí se acumulan, la relativa novedad del léxico, la peculiar andadura intencional del poema; en una palabra, las muy evidentes diferencias estilísticas que allí aparecen con respecto a mi poesía habitual, no fueron voluntarias, sino impulsadas por la fatalidad de la escritura. Otra cosa es que yo después trabajase, o enmendase, los textos, en función ya del mundo expresivo que tan imprevistamente se me había revelado, y que era el que se adecuaba con pertinencia a la sátira, dándole misteriosamente mi impronta.

A pesar de lo dicho, sí he sido fiel a unas intenciones generales, que obedecen a la concepción de lo que yo deseo lograr poéticamente, porque estimo que en ese logro está la posible plenitud del desvelamiento de mi mundo. Así he procurado siempre no oscurecer el texto, sino conseguir la máxima claridad, sin que esto pudiera justificar nunca la simplificación o el empobrecimiento del poema. Si la experiencia que se revela es compleja, y en principio oscura, el poema acusará esta dificultad, pero con voluntad siempre (y esto con el máximo rigor) de lograr una expresión lo más clarificadora posible. De ahí que mi lucha por el lenguaje sea por hallar la mayor lucidez expresiva, lo que me obliga a buscar la precisión de la palabra. Esa lucidez puede arrastrarme paradójicamente a buscar la ambigüedad del texto, por así exigirlo la precisión, ya que en esa ambigüedad puede residir la claridad y la verdad poéticas.

Creo que la evolución expresiva de mi poesía ha ido en la dirección de ese encuentro conjunto de ambigüedad y lucidez, determinado ello por la índole misma de las experiencias reveladas, o quizá porque la vida, según se me presenta ahora, no es sino ambigüedad, y el intento de encontrarle algún sentido demanda una lucidez tan necesaria como imposible y aun quizás inútil.

La riqueza de la palabra es para mí su precisión. No me importa repetir las palabras, y que éstas sean palabras gastadas, si es que obedecen necesariamente a la expresividad del poema. Lo que yo canto es un mundo tan gastado que la búsqueda de originalidad podría fácilmente traicionarlo. Me importa en poesía la voz personal, no la voz original; a no ser que lo personal se identifique, en alguien, con lo original. No es ése mi caso.

El poeta griego y el de hoy son, en lo fundamental, el mismo, porque la humana conciencia no ha variado en lo esencial, y la existencia está cercada por los mismos enigmas. Y el placer, el desvalimiento, la felicidad, el dolor, le habitan de la misma manera. El hombre sigue siendo la misma débil trama de tiempo, y ante él se presenta el mismo vacío o esperanza. En los que vivieron, yo reconozco fielmente mi humanidad, y todo se me hace nebuloso o frío si pienso en los mundos futuros. Y es sólo en estos hombres, por los que no siento ningún calor, en donde mis palabras podrían tener, si acaso, una deseada supervivencia. Cuando revivo las épocas pasadas no sólo me acerco a ellas con sensible curiosidad, sino también con amor e incluso con una poderosa añoranza. Y recibimos las palabras que las testimoniaron con la misma emoción que las nuestras. Si miro hacia el futuro, lejos, siento sólo una solidaridad hecha de una escéptica y voluntariosa esperanza, y aún más, de una angustiada piedad. Lo que acaso no sea sino una manera de vernos en ellos a nosotros mismos, puesto que tales sentimientos son la proyección de nuestros daños y temores. El calor tan sólo me llega del pasado o del fragilísimo presente, pues en ambos casos se ha concretado ya la vida, pero si me sonriera la hipotética fortuna de una obra estimable sólo podría ofrecerla a esos fríos fantasmas que mi imaginación es impotente de concretar. Pero quizá deba consolar a quien ahora vive el pensar que también ellos habrán acaso de sentir en nosotros ese calor de lo vivido, que ya sólo a ellos, y no a mí, podrá pertenecer.

Me importa la poesía en cuanto que me importa la vida. De ahí que preste tanta relevancia a mi individualidad, ya que desde ella la vida es experimentada. Soy, por todo ello, un poeta de la intimidad; se trata de iluminar lo oscuro, pues me interesa mi yo secreto de hombre, pero no porque sea nada excepcional sino porque es el mío, y es el que mejor se me puede revelar. Es sólo un problema de elección de la mejor perspectiva, y si atrae a algún lector es por la cercanía que hay entre todos los hombres. Esa tanteante indagación del yo en la poesía no persigue otra cosa que el conocimiento de la borrosa identidad humana, hallada en el individuo que se es. Los poetas, al hablar de sí mismos, siempre están hablando de los demás. Creo que a través de la sucesión de mi poesía yo he ido concretándome más ante el lector, que el individuo que yo soy (aunque conformado en la obra principalmente por el hombre genérico y su esencia metafísica) se deja reconocer más; quién sabe si es así para que se muestre con más fuerza esa carne genérica, ese destino, en definitiva, sólo de tierra. Carezco de la libido de la escritura, y sufro, como acusado defecto personal, la indolencia; ambos condicionantes ayudan a ese instinto de supervivencia poética que es el instinto de no repetición. Pues mis limitaciones creadoras, si yo fuese más incontinente, originarían sin duda insufribles consecuencias. Al no ser caudaloso, doy tiempo quizá a que la evolución de la persona permita la posible y necesaria evolución de la poesía.

Continuamente surge la pregunta de si en una determinada obra se refleja o no el tiempo histórico que le corresponde. No considero la respuesta de apreciable dificultad. Si el resultado poético es malo, la respuesta puede ser una u otra, pero ambas posibilidades se identifican en la insignificancia de su acción, con lo que la pregunta se nos presenta ociosa; y si el resultado poético es bueno, es para mí evidente que está siempre reflejando su tiempo, o quién sabe si, en el caso de una obra excelente, ayudando también a crearlo. La conmoción pura y desinteresada de los buenos lectores no se da nunca en vano; la sensibilidad del hombre, cuando es afinada, es siempre histórica, y éste sería impenetrable a emociones que no fuesen históricamente pertinentes. Un poeta que se preocupara por esta equívoca cuestión (hay críticos que no son más que travestidos sociólogos) estaría mostrándonos no sólo un desconocimiento de lo que la poesía realmente significa como genuina y fatal creación del hombre, sino una peligrosa falta de fe en su propia identidad humana.

Ya he dicho que la poesía que más me interesa es la que me habla de la vida, la que me habla de este entrañable y extraño mundo. Las meras construcciones formales, o las experimentaciones lingüísticas, aun aceptando su mérito y sus posibles resultados inequívocos de belleza e inteligencia, me suelen dejar más complacido que conmovido. Si esto exclusivamente fuese la poesía, estoy seguro de que sería un lector intermitente y distante; y, desde luego, no intentaría ser poeta. Lo cual no quiere decir que esté yo en el acierto, y los que no sienten así en el error. En demasiadas ocasiones las guerras estéticas de escuela se parapetan en argumentos que acaban siempre en airados anatemas, ya de inocuidad o de inactualidad (es decir, de inexistencia), como si sólo del arrasamiento ajeno dependiera nuestra única posibilidad de sobrevivir. Sin embargo respiramos una época en la que la libertad total de decir (al margen de las coerciones políticas) es patrimonio del artista. De ahí se desprende que las guerras estéticas no deben hacerse frente a los demás, que a la postre nada impiden, sino frente a uno mismo (en el sentido de la arriesgada y propia emulación). El problema, se me podrá decir, es la necesidad de conquistar un público, mas yo no creo que exista un público sino lectores, a los que hay que persuadir con los poemas, y aquéllos no tienen por qué componerse de muchos. Una de las ventajas que todavía acompaña a la poesía es esta ausencia de público y, por tanto de publicidad; en tal sentido, goza ella sin discusión de mejores defensas que los restantes géneros literarios y que las demás artes.

Si entre las creencias del Estado estuviese la de que la poesía no es peligrosa para los ciudadanos, y que cumple una función, además de deleitosa, útil, intentaría una acción más benefactora que la que acostumbra. La poesía no se hace desde la vanidad de las distinciones públicas, y las siempre bienvenidas ayudas de tipo monetario, tal como se llevan a cabo, no son sino rocío de los prados, y sobre éste, y también acerca de la brevedad del tiempo de la rosa, demasiado saben los poetas. Del mismo modo que no podrá haber apreciables atletas sin lugares e instrumentos necesarios para ejercitarse, y sin que dispongan del adecuado tiempo libre para que el entrenamiento y fortalecimiento de sus facultades puedan tener lugar, debería procurarse al poeta el ámbito que fundamentalmente necesita para ejercer su labor. Y éste no es otro que la soledad y el ocio. Desde la primera se escribe, y desde ella suele también esperarse el advenimiento. Esta soledad es sobre todo un estado interior, y como el poeta se nos aparece como el antiburócrata por excelencia, es aquélla una disposición del alma que si no se tiene siempre a disposición, puede serle imperativamente necesaria en un determinado momento, y si su presencia es entonces imposible, deviene, estúpida y vacía, la esterilidad.

El ocio debe ser entendido como la libre disponibilidad en su condición de hombre. Es el poeta un ser esencialmente vacante, alguien cuyo oficio consiste en contemplar el mundo o contemplarse en él, pues sólo así podrá ofrecernos el hallazgo de las significaciones emocionantes o la turbación de la belleza. Desde el mundo y desde la vida se hace el poema, y a ambos los necesita abrazar o cercar según muy personales apetencias. Puede que haya quien identifique el ocio con cualquier trabajo ajeno a su condición de escritor, y quien lo identifique con el vicio; incluso alguien concretará esa disponibilidad en la milicia o el sacerdocio, y estoy señalando dos estados que al parecer fueron antaño propicios para el delicado oficio poético, y hoy, cuando menos resultan, sobre todo el primero, acentuadamente extravagantes. La disponibilidad puede encontrarse en la más arraigada de las disipaciones, e incluso en los pacíficos hábitos burgueses, o en ámbitos de santidad, o acaso revolucionarios, o intensamente neuróticos. La poesía es siempre una imposición desde sí misma.

El poeta no debe, por lo tanto, obedecer a ninguna autoridad, ya que en su imprevisión está la riqueza de su potencia. La crítica, entendida al modo del gendarme, y los santones intelectuales que impelen normas y marcan directrices harían bien en abstenerse, pues cuando la poesía las obedece se nadifica. Si todos los hombres fuesen portadores de un alto designio poético y de la tenaz voluntad de su realización, no podrían abarcar nunca el vasto campo posible de la poesía. De ahí que se me aparezcan tan extremadamente ridículos esos abundantes directores de banda que siempre obligan a tocar a sus músicos la misma pieza. Con el ejercicio poético no se pretende hallar ninguna piedra filosofal, sino dar testimonio de la sucesiva ruina y esplendor del tiempo, hacer sentible la dolorida o gozosa señal que yace oculta en la carne del hombre. En el ocio del poeta reside su libertad, de la que no se le puede despojar, pues su función consiste también en custodiarla para los demás. De la poesía se reciben siempre razones de vida. Es evidente, dicho todo esto, que soy absolutamente contrario a las tendencias reductoras del arte. A pesar de todo, en nuestro siglo, entre las artes tradicionales es la poesía (y acaso también la novela), si la comparamos con el arte plástico y, sobre todo, con el musical, la que menos ha padecido ese empobrecimiento.

¿Hay que aceptar entonces al poeta en su presunta inmoralidad? ¿Tenemos que estimar su posible condición asocial? En los casos en que se nos presente de tal modo, deberemos distinguir, en principio, el hombre de la obra. Cualesquiera que sean la conducta, las creencias o los pensamientos, y merezcan de la sociedad o de los códigos el calificativo que estimen apropiado, todo ello queda convertido siempre, en el caso de la buena poesía, en estimado y sano alimento para el hombre. El poema comunica de inmediato un nuevo entendimiento, una inédita comprensión de la vida, y en él se asume una humanidad más ancha, se completa y enriquece nuestra experiencia de hombres, y ello de un modo extrañamente pleno, sin que, por otro lado, se haya obligado uno a dejar de ser la parte de la humanidad que realmente es. El hombre dispone sólo de su persona y de su destino, pero esta noble recepción de las otras criaturas y de otros destinos no puede menos que afinar a su propia persona, haciéndola más vibrátil ante el otro inmenso número de seres con los que compadece. Hay poetas cuya misión es hacer la luz en el mal. La poesía puede dejarnos más cerca de lo humano desconocido; es decir, más cerca de aquello que desconocemos de nosotros mismos.

Un poema puede servir más a un lector que al mismo poeta. Yo no diría que la sociedad comete un grave error al ignorar o menospreciar al poeta, sino al actuar de tal modo con la poesía. Es posible que aquél no merezca, a pesar de los muy beneficiosos efectos en que fructifica su tarea, un trato de favor o dispensa por parte de los demás ciudadanos, pues puede que sus merecimientos personales sean escasos, pero si la poesía es realmente benéfica, debemos tener muy presente que tan sólo nos puede llegar desde él. No hay otra fuente que nos dé esa agua. Habrá que soportar al hombre con tanta paciencia como agradecimiento, lo cual no tiene por qué impedir nuestra pecipitada huida si, al doblar una esquina, vemos que se acerca apresuradamente hacia nosotros. No generalicemos, sin embargo, el pesimismo: también los hay que son un verdadero encanto.

Quisiera incluir, antes de terminar, una de esas «poéticas» pedidas, a las que hice alusión al principio de este escrito. Publicada en 1979, reitera ideas que, a estas alturas, conoce ya bien el lector, aunque quizá la perspectiva desde la que se habla aporte, junto a algunas cosas dichas, nuevos y no inútiles matices. Decía así:

«La poesía, tanto en quien la hace como en quien la recibe, es primordialmente un acto de *intensidad;* cumple, pues, una función exaltadora de la vida. Sin necesidad de exponer sus plurales concreciones posibles, y quedándonos voluntariamente en este estadio primero de la pura emoción, su absoluta importancia nos la señala el hecho de su presencia continuada en todas las culturas, y ello sin excepción, desde las más primitivas a las más elaboradas. Y es que el hombre valora la emoción como la más inmediata afirmación de su vitalidad, y esta percepción aguda de la existencia en él mismo se le presenta como una afirmación, por acrecimiento, del propio ser.

Aún más absolutamente valorado, y también sin excepción en todas las culturas habidas, es el acto físico del amor, en su más desinteresada y estricta acción, y lo es por razones *idénticas* a las antes expuestas al hablar de la poesía. Bien sabemos que el grado de intensidad y la peculiaridad de la experiencia son distintos. En el acto sexual, el placer es más absoluto, más radiante y ciego, y la emoción siempre idéntica a sí misma: es ésta su grandeza, pues a pesar de su escasa variedad no la deseamos distinta. Por el contrario, en el acto poético, la grandeza de su emoción reside en su nula identidad, en la muy rica variedad con que se nos muestra. Y es que la experiencia poética va dirigida no a la carne en sí misma, sino a unos componentes suyos que existen invisibles y son continuamente modificables: la *sensibilidad* y el *conocimiento*. Ambos nos permiten gozar y percibir mejor el mundo, y en la palabra mundo queda inserta, en lugar preferente, la propia vida del hombre. Afinada la sensibilidad por la experiencia poética, y ahondado lúcidamente el conocimiento por la revelación hallada en la misma expresión, nos afirmamos con más fuerza en nuestro propio ser.

Lo ideal, y además factible, es ejercitar con escaso desmayo las dos acciones, entre sí complementarias y nunca contrarias, si es que pensamos que la conciencia viva y urgente de nuestra propia existencia es un valor que debemos conseguir. Es aconsejable el ejercicio alternativo de ambas experiencias, pues ello propicia el necesario descanso para volver a ejercitar cada una de ellas con fuerzas renovadas. (Aunque algo de tiempo habrá que dejar también para otras actividades, activas o pasivas, de interés menor: trabajos remunerados, servicio militar, la extremaunción, etc.). Las une históricamente el que en demasiadas ocasiones ambas actividades han tenido que ser ejercidas de modo clandestino, aunque en verdad sin pausas. Esta observación señala cómo la posible mediocridad del hombre, que siempre está acechándole, tiene como enemiga mayor la afirmación desinteresada de la existencia.

Tanto en el acto de la unión carnal como en el poético asistimos, con abundancia de ejemplos, a la transgresión constante de los tabúes y convencionalismos más poderosos. El acto sexual ha roto repetidamente barreras de clases, razas, edades y aun de los sexos mismos. Y lo ha hecho arrostrando mil calamidades, de este mundo o del otro, en una imperiosa necesidad de afirmar la vida en contra de lo que la niega. El acto poético, alumbrado y recibido siempre como un hecho *estético* (es decir, totalmente desinteresado), ha propiciado por ello mismo la presencia de una constante *ética,* que existe más allá de la posible moral concreta de los contenidos, y que no es otra que la generosa tolerancia. Precisamente porque la poesía es siempre un acto de afirmación vital, al hacerla nuestra también nos afirmamos, venimos obligados a identificarnos con ella (en todos sus matices y peculiaridades), y así asentimos al texto del poeta que nos ayuda a afirmar hondamente la vida. Al salir con su asistencia de nosotros mismos, somos más. De ahí que no solamente toleremos, sino que recibamos con el entusiasmo de nuestra propia emotividad los más contradictorios contenidos, no sólo entre sí, sino con nuestras propias y más arraigadas creencias. Quizá sea ésta la más importante razón de la persecución sufrida por la poesía. En el instante de su lectura podemos llegar a encarnar en nuestro propio enemigo.

Algunas de estas consideraciones son aplicables, si bien se mira, a otras formulaciones del arte, y habrá que singularizar inmediatamente la poesía por la propia materia de la que está hecha: la palabra. Es ésta el instrumento con que ella logra la perseguida emoción. Y no hay en las distintas artes otro más universal, ni más humilde. Es el primer aprendizaje al que asistimos, y al nombrar las cosas sufrimos el fascinante engaño de su misma creación. La palabra nos hace poseedores del mundo. Más tarde, y en la mayor parte, se irá convirtiendo su uso no en descubrimiento, sino en utilidad, y pueden llegar a pesar las palabras tanto como los intereses o el deber. El poeta la está siempre desvelando, y penetrando con ella la alegría, el misterio, el azar o el dolor: es decir, la vida profunda. Con respecto a las también gloriosas servidumbres a que se la obliga en los otros géneros literarios, creo que es en la poesía donde la palabra alcanza más fácilmente su libertad y esplendor máximos; y debe ser así, pues cuando un novelista o dramaturgo logran con plenitud la siempre difícil expresión de la emoción profunda se les da de modo espontáneo la nominación de poetas.

He hablado de la noble función que a mi modo de ver ejerce la poesía con referencia al hombre, y desearía que se hubiese percibido que lo he hecho desde mi fervorosa condición lectora, no desde los dudosos logros de mi propia tentativa.»

Quisiera añadir unas palabras, y léanse como breve coda final, para referirme a un nombre que aparece en diversas ocasiones en mi obra; tal vez el curioso lector agradezca que yo le dé a conocer el alcance de su relevancia. Se observa en mi poesía que el entorno urbano ha ido adquiriendo mayor fuerza cada vez, como corresponde a un hombre que habita en la ciudad, pero no por ello ha disminuido la importancia que siempre ha tenido en mi obra la contemplación de la naturaleza. Hay en aquélla un lugar que aparece sin interrupción, aunque pocas veces viene señalado por su nombre: Elca. Es un término del campo de Oliva, el pueblo en donde nací. Se trata de una casa, blanca y grande, situada en un ámbito celeste de purísimo azul, y rodeada de la perenne juventud de los naranjos. Domina desde una ladera, sin altivez, un ancho valle, abierto al mar, y mira la agrupada y densa sucesión de unas desnudas montañas que se hacen de plata antes de llegar al solemne Montgó. Éste, como una vieja divinidad, alarga su cuerpo en perezosa e intemporal siesta, y ya dentro de los azules marinos recibe su definitivo bautizo: cabo de San Antonio. Reposa a sus pies, en su plenitud mediterránea (romana, árabe y cristiana), el puerto y ciudad de Denia. Durante muchos veranos sus nocturnas y lejanas luces aparecían, para el cuerpo solitario del adolescente, como una urgente e imposible llamada.

En Elca transcurrió lo mejor de mi infancia, pues desde ese lugar me dispuse a contemplar con sosiego y temblor el mundo: el exterior, y el de mi cuerpo y mi espíritu. Para mí ha llegado a simbolizar el espacio del mundo. Allí lo descubrí deslumbrante y eterno, y cuando la vida me dio una visión nueva, inesperada, de mortalidad, seguí amándolo desde su pérdida, y añorando en él su antiguo e imposible engaño divino. He experimentado en aquella casa la continuidad de todas mis edades, y ya en mi primer libro, y aun antes, en algunos poemas adolescentes, surge con extraña insistencia la contemplación de mi vejez en ella. Como si la vida hubiera de abocarse, en su final, a lo esencial: una casa ya sin nadie, y un hombre solo que, desde ella, agradece todavía el distanciado esplendor de la naturaleza, mientras pugna poque retorne, en el naufragio de la memoria, su propio ser desvanecido, el fantasma de su existencia. Por cuanto ha tenido allí lugar, no sólo simboliza el don del mundo que se ofrece a toda criatura al nacer, sino que en esos muros he gozado, con gratísima morosidad, la suave y cálida protección familiar, y en ellos asistí al lento descubrimiento de mi persona. Allí experimenté, en las pausas de las vacaciones colegiales, la complacencia y el amor de mí mismo, que era también amor individualizado a los demás, la inquietante y turbia percepción de la inseguridad, o el rechazo de unos sólidos y falsos valores y, en horas amargas, el desengañado distanciamiento de mi propia persona. En ese lugar he vivido, sobre todo, el sentimiento de la pérdida del mundo. Todos los años, sin excepción, he asistido allí al más emocionante e íntimo de los tránsitos: la privación del verano y la llegada del otoño. Es un suceso hermoso y melancólico, pues tal prodigio se produce, en ese lugar del Mediterráneo, desde casi invisibles levedades: suave descenso de la temperatura, primeras y absortas lluvias, esplendores marchitos de la luz, y una acentuada y sorda gravedad en la llegada de la noche. Matices casi interiores, pero que producen cambios profundos en la vida de la naturaleza, y no sólo en la sucedida alternancia de los frutos o de las flores. También han podido parecer leves, a través de los años, las variaciones de mi cuerpo y de mi espíritu, y el resultado ha sido cambios tan profundos como el de mi imagen ante el espejo o el de mi conciencia ante mi propia reflexión.

Ningún lugar que yo haya visitado ha recibido nunca de mí un adiós definitivo. Y siempre me he alejado con el deseo firme de retornar. Como si mi vida no estuviese emplazada. Allí donde he vivido he gozado del mundo, y si en mi mirada hubo hacia él entusiasmo y extrañeza, la experiencia me ha aportado siempre una conciencia más rica y un renovado amor a la vida. Mas cuando en el azar de los poemas he hablado de algunos de aquellos lugares sólo he estado hablando de tiempo, y esas palabras sólo eran la inútil lucha de quien sabe que ha de ser vencido por el olvido.

Mas es Elca el sitio de retorno y de fidelidad, la nostalgia de la encarnación en mi mejor naturaleza humana. Desde hace tiempo he llegado a saber que el hombre, en su cumplimiento vital, es poseedor de dos naturalezas distintas: una sucede a la otra, y con tan milagrosa suavidad se da el tránsito que muchos hombres viven sin acabar de percibirlo. Si tan extraño y turbador suceso acaeciese de modo más explícito, con engaño menos oculto, asistiríamos a una metamorfosis de tan sorprendente presencia como la que admiramos en el frágil gusano de seda. Mas en el caso del hombre exigiría, si lo quisiéramos justo, el proceso inverso, pues nadie dudaría en qué estadio de la vida merecería el ser humano la levedad y la belleza de la mariposa.

Acechaba en aquellos días la llegada de los astros, con los ojos llenos de lágrimas, escondido en un cuerpo que ya se me ha muerto, poseedor de la suprema sencillez de la inmortalidad y de la inocencia. La sombra había borrado de la tierra el alto ciprés, los pinos y los limoneros, la gran palmera; sólo llegaban ráfagas espaciadas e intensas de rosas y de jazmines, y el pecho se sentía, desde su solitaria y recogida intimidad, vasto como el firmamento. En él latía una felicidad extraña e inmerecida, y el niño sentía que ella abarcaba todo el mundo, y que la vida sería siempre inacabable.

Mucho he fatigado ya al lector con estas quizá ociosas disquisiciones que, por querer huir del encuentro directo con los poemas, han resultado en exceso extendidas. Sea, pues, el nuevo dueño de los poemas el único autorizado a obrar con ellos según su libre voluntad. Ajuste el rigor o acompáñelos benevolente, sienta después desvío o concédales a su entregada intimidad, según sería mi deseo, el calor de la suya. Violados con tosquedad, o bien gozados, prestos estarán a conceder su intocada virginidad a cada nuevo lector, pues ésta es condición peregrina de su naturaleza. Siempre será para mí motivo de hondo agradecimiento que un tiempo que no me pertenece, esa parte única de tu propia vida, hayas querido que cumpliera su acabamiento en el encuentro con mi ya perdida vida.

Nota biográfica

Nací en Oliva (Valencia), en 1932. Hice el Bachillerato en el colegio de los Jesuitas de Valencia. Estudié Derecho en Deusto, Valencia y Salamanca, en donde me licencié. Cursé los estudios de Filosofía y Letras en Madrid, en las secciones de Historia y Filología Románica. Estuve dos años de Lector en la Universidad de Oxford. Actualmente resido, indistintamente, en Madrid y Valencia.

Bibliografía

Las brasas, Madrid, Rialp, Col. Adonais, 1959; 2.ª ed., Valencia, Col. Hontanar, 1971.
El Santo Inocente, Madrid, Col. Poesía para todos, 1965. En sucesivas ediciones lleva el nonbre de *Materia narrativa inexacta*.
Palabras a la oscuridad, Madrid, Col. Ínsula, 1966.
Aún no, Barcelona, Llibres de Sinera, Col. Ocnos, 1971.
Ensayo de una despedida (1960-1971), Barcelona, Plaza Janés, 1974. Con un prólogo de Carlos Bousoño. Recopilación de todos los libros publicados.
Insistencias en Luzbel, Madrid, Visor, 1977.
Ensayo de una despedida (1960-1977), Madrid, Visor, 1984. Recopilación de todos los libros publicados.

Breve bibliografía crítica

AMUSCO, Alejandro, «Algunos aspectos de la obra poética de Francisco Brines», *Cuadernos Hispanoamericanos*, núm. 346, abril de 1979.
BOUSOÑO, Carlos, «Situación y características de la poesía de Francisco Brines» (Prólogo a *Ensayo de una despedida)*, Plaza Janés, Barcelona, 1974, págs. 9-94.
BRADFORD, Carole E., «El lenguaje como reflejo de la angustia del tiempo en la poesía de Francisco Brines», *Cuadernos Hispanoamericanos*, núm. 381, marzo de 1982.
CANO, José Luis, «La poesía elegiaca de Francisco Brines: *Palabras a la oscuridad»*, en *Poesía Española Contemporánea. Las generaciones de posguerra*, Madrid, Guadarrama, 1974.
CARNERO, Guillermo, «Originalidad y fidelidad autobiográficas: Poesías completas de Francisco Brines», *Informaciones*, 6 de febrero de 1975.
COLINAS, Antonio, «Equilibrio de Francisco Brines», *Cuadernos Hispanoamericanos*, núm. 302, agosto de 1975.
CUERVO. Cuadernos de cultura. Monografía núm. 1, Valencia, noviembre de 1980. Selección de entrevistas, al cuidado de Isabel Burdiel.
DEBICKY, Andrew P., «Text and Reader», en *Poetry of Discovery*, The University Press of Kentucky, 1982. Versión española, en *Homenaje a Antonio Sánchez Barbudo*, University of Wisconsin-Madison, 1981, págs. 269-290.
DEFARGES, Ricardo, «Francisco Brines, poeta esencial», *Cuadernos Hispanoamericanos*, marzo de 1967.
GOMIS, Lorenzo, «Miro, veo, siento y sé», *La Vanguardia Española,* 9 de febrero de 1967.
JIMÉNEZ, José Olivio, «La poesía de Francisco Brines (sobre

Las Brasas)», en *Cinco poetas del tiempo*, 2.ª ed., Ínsula, Madrid, 1972, págs. 417-495.
- «Sobre *El Santo Inocente*» y «Realidad y misterio en *Palabras a la oscuridad* (1966) de Francisco Brines», en *Diez años de poesía española, 1960-1970*, Ínsula, 1972, páginas 345-349 y 175-204.
- «Una poesía de la desposesión: *Ensayo de una despedida*, de Francisco Brines», *Diálogos,* núm. 75, México, mayo-junio de 1977.

ORTIZ, Fernando, «La poesía meditativa de Francisco Brines», *La Estafeta Literaria,* núm. 551, noviembre de 1974.

SANZ ECHEVARRÍA, Alfonso, «La insistencia de Francisco Brines», *Jugar con fuego,* núm. III-IV, 1977.

SIMÓN, César, «Aspectos lingüísticos en la sátira de Francisco Brines», *Cuadernos de Filología de la Universidad de Valencia,* junio de 1971.

SILVER, Philip, «Nueva poesía española: la generación Rodríguez-Brines», Ínsula, núm. 270, mayo de 1969.

VILLENA, Luis Antonio de, «Sobre *Insistencias en Luzbel* y la poesía de Francisco Brines», *Papeles de Son Armadans,* núm. 267, junio de 1978.

Selección propia

Las brasas
1960

A Vicent Andrés Estellés

  JUNTO a la mesa se ha quedado solo,
debajo de las vigas, en penumbra
los muros. Los naranjos arden fuera
de luz, y el mar de velas blancas, suben
encendidos los pinos por el monte.
En la madera del balcón las horas
se detienen, y el mundo se imagina
con el amor que quiere el pecho. Crece
la sala dentro, y el rumor del aire
llega hasta el corazón, como se queda
la soledad del polvo en una rama.
Inclina la cabeza, y en su gesto
nada adivinaría nadie; él
sabe que las tristezas son inútiles
y que es estéril la alegría. Vive
amando, como un loco que creyera
en la tristeza de hoy, o en la alegría
de mañana. La tarde entra en la casa
y apaga la madera del balcón,
su llama roja. Ay, se muere todo,
pasa la luz, la flor, los sentimientos
se marchitan, las fuerzas van perdiéndose.
Los ojos, soñadores, cuando avanzan
los días y envejecen, nada nuevo
quieren. Con lentitud baja aquel hombre,
sale a la puerta de la casa, mira
los campos, las alturas, los primeros
astros del cielo, reconoce el mundo.

Alguien llega del bosque, con su cesta
luminosa de grillos, sus callados
fuegos de hierba seca. Él conoce
quién es, toca la sombra del gigante,
le sonríe. Y enciende las ventanas,
deja la puerta abierta, le saluda
con dulce voz, y espera a que se aleje.

EL visitante me abrazó, de nuevo
era la juventud que regresaba,
y se sentó conmigo. Un cansancio
venía de su boca, sus cabellos
traían polvo del camino, débil
luz en los ojos. Se contaba a sí mismo
las tristes cosas de su vida, casi
se repetía en él mi pobre vida.
Arropado en las sombras lo miraba.
La tarde abandonó la sala quieta
cuando partió. Me dije que fue grato
vivir con él (la juventud ya lejos),
que era una fiesta de alegría. Solo
volví a quedar cuando dejó la casa.

Vela el sillón la luna, y en la sala
se ven brillar los astros. Es un hombre
cansado de esperar, que tiene viejo
su torpe corazón, y que a los ojos
no le suben las lágrimas que siente.

LADRIDOS jadeantes en el césped
le hacen mirar, con el calor el día
va rodando a su fin, y de las rosas
sube un olor y una inquietud constante.
En el silencio rueda la alegría
súbita de los perros. Y él entiende
esa felicidad, el desvarío
que ellos muestran. Hermosa fue la vida
cuando el cuerpo era joven, y el deseo
la costumbre inicial de cada hora.

Un aire corto llega desde el mar
y ha alargado la sombra de los montes.
Echa su vida atrás, desnuda el cuerpo
delante de otro cuerpo, y unos ojos
le buscan y él los busca.
En el amor era veloz el tiempo,
iba pronto a morir, y en vano el joven
pensaba detenerlo, se soñaba
vencido en la vejez y desamado.
Entonces su victoria
era querer aún más, con mayor fuerza.

Mira, desde su frente, con los ojos
fijos la línea de los montes, áspero
muro de plata que en el mar se hiela.
Ya no lucha la tarde y se hace rosa
la luz en su cabeza pensativa.
Llegan, desde el camino, frescas voces
llamándose. La casa, oscurecida,
se ha perdido en los árboles, y él oye
el dulce nacimiento del amor,
escucha su secreto. Ya de nuevo
vive su corazón, y el hombre tiembla,
siente cargado el pecho, y apresura
un llanto fervoroso.

LA sombra de la tierra va creciendo,
sube los aires, y la noche queda
sobre el alto tejado de la casa.
Se ensombrece el naranjo, y azahares
huelen por el desván, pesan los muros
y el hombre que la habita se detiene
para pensar vanos recuerdos. Oye
cómo riegan los nardos, su jardín
ve que se vuelca por las tapias bajas,
limoneros doblando los caminos.
Vuelven las estaciones del destierro,
y dormita el sillón, y los papeles
sin resplandor sobre la mesa vieja.
Es la hora de otoño de este día
la hora de la luz en las ventanas
desde el camino de las piedras, hombre
que siente ya madura su cabeza,
destruido el cabello y el cansancio.
Meditación inútil, cuando pronto
dejará de vivir en esta casa
y olvidarán su nombre, cuando piensa
que nada le ha quedado de la vida.

A Ricardo Defarges

   CON los ojos abiertos alza el cuello
para ladrar, y en la espesura vasta
de los campos la voz se ha repetido.
Es la presencia de un ser solo, y algo
se viene a tierra, y es el aire oscuro
quien ha caído en tierra con dolor.
Su gemido no llega a las estrellas
altas, ni a los perdidos trenes, busca
penetrar en las casas. Alguien oye
que la vida se va, y acobardado
late su corazón enfermo. Nadie
vive con él, y escucha. Ya acabada
la cena, se ha asomado al cristal. Mira,
desde sus ojos tristes, el oscuro
mundo de fuera, las estrellas suaves.
Siente que un cálido estertor le sube
y el pecho se le quema, que sus ojos
no adivinan las formas que allí, vivas,
alientan. Él podría, con gran fuerza,
también gritar, salir al campo frío
y liberarse del dolor. Repasa
su mano por el pelo blanco, siente
que el tiempo ha sido duro, su fracaso
lo juzga con templanza, no se agita
su pecho. Y él espera que enmudezca
la voz para subir, quedar dormido.

ESTÁ en penumbra el cuarto, lo ha invadido
la inclinación del sol, las luces rojas
que en el cristal cambian el huerto, y alguien
que es un bulto de sombra está sentado.
Sobre la mesa los cartones muestran
retratos de ciudad, mojados bosques
de helechos, infinitas playas, rotas
columnas: cuantas cosas, como un puerto,
le estremecieron de muchacho. Antes
se tendía en la alfombra largo tiempo,
y conquistaba la aventura. Nada
queda de aquel fervor, y en el presente
no vive la esperanza. Va pasando
con lentitud las hojas. Este rito
de desmontar el tiempo cada día
le da sabia mirada, la costumbre
de señalar personas conocidas
para que le acompañen. Y retornan
aquellas viejas vidas, los amigos
más jóvenes y amados, cierta muerta
mujer, y los parientes. No repite
los hechos como fueron, de otro modo
los piensa, más felices, y el paisaje
se puebla de una historia casi nueva
(y es doloroso ver que, aun con engaño,
hay un mismo final de desaliento).
Recuerda una ciudad, de altas paredes,
donde millones de hombres viven juntos,
desconocidos, solitarios; sabe
que una mirada allí es como un beso.
Mas él ama una isla, la repasa
cada noche al dormir, y en ella sueña
mucho, sus fatigados miembros ceden
fuerte dolor cuando apaga los ojos.
Un día partirá del viejo pueblo
y en un extraño buque, sin pesar,
navegará. Sin emoción la casa

se abandona, ya los rincones húmedos
con la flor del verdín, mustias las vides;
los libros, amarillos. Nunca nadie
sabrá cuándo murió, la cerradura
se irá cubriendo de un lejano polvo.

EL balcón da al jardín. Las tapias bajas
y gratas. Entornada la gran verja.
Entra un hombre sin luz y va pisando
los matorrales de jazmín, le gimen
los pies, no mira nada. Qué septiembre
cubre la tierra, lentos nardos suben,
y suben las palomas con las alas
el aire, el sol, y el mar descansa cerca.
El viento ya no quema. Riegan lentos
los pasos que da el agua, las celindas
todas se entregan. Los insectos se alzan
a vivir por las hojas. En el pecho
le descansan las barbas, sigue andando
sin luz. Todo lo deja muerto, negras
aves del cielo, caedizas hojas,
y cortada en el hielo queda el agua.
El jardín está mísero, y habita
ya la ausencia como si se tratase
de un corazón, y era una tierra verde.
Cruza la diminuta puerta. Llegan
del campo aullidos, y una sombra fría
penetra en el balcón y es un aliento
de muerte poderoso. Es la casa
que se empieza a caer, húmeda y sola.

EL BARRANCO DE LOS PÁJAROS

A Gastón Baquero

I

Delante estaba el monte, la mañana
buscaba con su luz el acto viejo
de hallar el mundo en ella, más arriba
la cumbre. Se verían los lejanos
caminos y las casas, otros montes,
el reposado mar. Junto a la falda
comí temprano, y era el humo azul
tibio sueño en el valle. Mis amigos
en el agua reían y con ellos
mojé mi cuerpo. Comenzaba cerca
la senda que llevaba a las alturas
gratas. La libertad nos encendía.

II

Niños, subíamos gritando cantos
de guerra, rezos de capilla. Nadie
se podía volver, mirar el verde
llano, su hermosura extendida y baja.
Desde el cielo veríamos el campo.
La luz llegaba ya a nuestras cabezas
desde el lado del mar, y enfrente el bosque
nos acogió con su penumbra roja.
En el silencio súbito, los rostros
se quedaron muy bellos y aquel cielo
fue rompiendo las ramas, despertando
las alas de los pájaros, su voz
llena de heridas. Un arroyo débil,
con piedras, nos retuvo. ¡Qué delicia

las bocas en el agua, confundidos
los rostros, en la hierba nuestros cuerpos!

III

Pero el bosque dejó de ser misterio
y el leñador nos asustó: su fiera
mirada sin amor, su brazo fuerte
de verdugo, la dura bienvenida.
Fuimos con miedo a su cabaña, todos
recibimos un hacha, él nos dijo
que era ley de la tierra. Y abatimos
el árbol, derribamos la espesura
fresca de las palomas, la colina
donde se quedan las estrellas solas.

IV

Al proseguir la marcha, siempre arriba,
ninguno habló. La repentina lluvia
dejó incierto el camino, la seroja
no crujió más, nuestro calzado pronto
pesó, rojo, de barro. De aquel frente
se ocultaron los pinos, en la bruma
sin luz corrimos todos, y dejando
las mochilas en tierra nos herimos
a golpes de pedradas.
Solo quedé, bajo un mojado tronco,
viendo el espacio fresco iluminarse
de nuevo. Troncos de amarillas franjas,
violetas suavísimas, helechos,
azul del cielo. Y el pinar despierta
con la voz de los pájaros, del agua
que, en las ramas pesando, se hace lluvia
cortísima. La sien, sangrando al sol,
mojé en peñasco fiero y horadado,
y busqué la salida de aquel bosque.

V

De nuevo el sol estalla. La pendiente
se muestra despoblada hasta la cumbre.
He de alcanzar el aire que allí existe
ensanchador, y al aturdido pecho
le hacen daño los golpes que, muy fuertes,
el corazón le da. El sol derriba
los peñascos con fuego que los funde.
Y arriba, azul, la brisa se estaciona
mirando el llano abajo, más distante
la marea del mar, con su frescura.
Mas no hay que detenerse en aquel vértice
si arriba el cuerpo; sin amigos, solo,
bueno es silbar y bueno es alejarse
de allí. El cielo, sin mesura y vano,
advierte la fatiga de aquel hombre.

VI

Al otro lado de la cumbre, bajo
los matorrales del romero quieto
la montaña se quiebra. Allí anidan
los mirlos en las cañas, las adelfas
de solitario amor florecen, se oye
la duradera vida del silencio.
Se le llama Barranco de los Pájaros.
Pensábamos llegar cuando la tarde
se hace un pozo de sombra, la mirada
se abre en la flor del ojo para, arriba,
tocar un astro. Compañeros, pienso
que no me detendré cuando me acerque
al lugar de la tienda. Sin canciones,
sin fuegos, no habrá trinos que oír, nada
que comentar con alegría viva.
Hay que olvidar el sitio, ser más fuerte

que el destino ruin, y con la noche,
vergonzoso en la sombra, penetrar
en una vastedad desconocida.

VII

El alba aquí se enciende. Y aquel hombre
de fatigado cuerpo se ha dormido
con la gran paz del alba. La tranquila
luz llega de los aires y en su boca
se aquieta. El humilde cuerpo sueña,
y hay un olvido natural del mundo.
Brilla la tierra. Sin moverse, ciego,
sigue su vida como el agua pasa,
porque quiere la fuente, y él alienta
seguro como el día que en él vive.
Igual que a un árbol derribado vienen
las aves, y las hierbas lo acomodan.
Vencida ya la gloria de la tarde
se abren sus ojos al contorno oscuro
del campo. Qué olorosa le ha crecido
la barba jazminera, y el anciano
se toca el corazón, y allí le duele
mucho, y él ya no ve, ni escucha nada
de fuera de su cuerpo. Con los astros
se cumple la honda noche, y allí queda
fiel a su soledad, frío en el suelo.

Materia narrativa inexacta
1965

EN LA REPÚBLICA DE PLATÓN

Recuerdo que aquel día la luz caía envejecida
en los fértiles valles extranjeros,
contemplada, desde la cumbre del mediano monte,
por mis ojos cansados.
Los guerreros de mayor juventud
y algunos de mis hijos, escogidos por su hermosura,
pusieron en mi frente sucesivas coronas de laurel,
y estrecharon mis manos con las suyas.
Cuando él llegó hasta mí, temblé; y arrebatando
de sus manos la rama de laurel
le cubrí la cabeza juvenil con la fronda del dios.
Posé mi mano en el desnudo hombro.

Aquellos días de campaña
fueron lentos, afortunados de valor,
y anidaba en mis ojos
la oscura luz de la felicidad del hombre.
Adornada de mirto y flor, compartimos la tienda,
vigilada por el fuego campamental y la insomne mirada
    de centinelas escogidos.
El vino y la comida compartimos, y en el festín
nadie, respetando mi más secreta voluntad, mostraba la
    alegría
mientras Licio ocultara la suya tras los labios.
Y al par que conquistamos aquel reino enemigo
hice mío su corazón, y le di vida.

Hoy miro las fogatas del viejo campamento,
bajo la fosca noche,
desde esta vil litera humedecida
en la que, consumido por la fiebre,
sostengo el cuerpo sin vigor momentáneo;
y oigo lejano el juvenil clamor por Trasímaco el héroe.
Sobre el hombro de Licio, me contaron mis hijos,
puso su mano con firmeza,
y éste le abraza, según ley, y es por él abrazado.
Hoy visitó la retaguardia, y fueron complacientes con él
los magistrados, y admirado por los muchachos que
      aprenden en la guerra,
y obsequiado de todas las mujeres.
Y yo le di el abrazo, y el discurso amistoso de la
      bienvenida.
Iba con él el joven Licio.
Dejando el campamento mujeril
pasaron ante mí,
y vi en los ojos del muchacho turbación y reproche.

   Corren rumores que la campaña del Asia está ya
      próxima,
y urge curar el cuerpo con gran prisa,
ejercitarlo en el gimnasio,
acudir otra vez al campo de batalla.
Y pienso, sin embargo, que es inútil mi sueño,
pues las fatigas de los años tributan consunción en el
      cuerpo,
y hace sufrir la mordedura del dolor.
Hundido en la litera, miro hacia el fuego que rodea su
      tienda,
y puedo interpretar la mirada de Licio:
todavía me ama.

   Excelsas son las aptitudes de su cuerpo y su espíritu,
y harán de él un héroe de los griegos.
Próxima está la campaña en el viejo continente,
de condición cruel y largos años,
y nadie igualará su decisión briosa.

Caerá la sombra entonces sobre mí; cuando regrese
no sentiré su mano sobre el hombro.
Licio presidirá gloriosos funerales.

LA MUERTE DE SÓCRATES

Después de muchas horas de discusión enfebrecida
proclamaron: «Ha de morir el hijo de la partera,
su elocuente palabra puede conducirnos a todos a la
 muerte.»
Hacía ya tres noches que Atenas comentaba, por boca de
 los jóvenes,
el entusiasmo que, en la casa de Céfalo, se apoderó de
 los presentes
al señalarles Sócrates las normas que habrían de regir el
 nuevo Estado.
Esta fue la razón de que aprobasen, en conciliábulo
 secreto, la muerte del filósofo,
ya que a su vez todos estaban condenados por la palabra de aquel hombre.
Muy larga fue la discusión, y acalorada, pero también
 fue noble por parte de unos pocos;
y sólo al argumento de estos últimos, pasados tantos
 años de aquel torpe homicidio,
debo yo darle vida en mis palabras.
Porque sus corazones eran buenos,
aun advirtiendo en ellos acciones muy confusas
cuyos informes trazos eran fruto de la debilidad del ser
 humano,
injustos hechos, por no haber alcanzado todavía
aquel conocimiento deseado de la oculta verdad,
y otros sucesos mínimos, no menos deplorables.
Mas repasando ahora sus vidas, otras acciones fueron
las que debieron merecer la gratitud de los conciudadanos,
pues al oído de sus hijos
pusieron como ejemplo a imitar el de aquellos varones.
Esto es cierto, los corazones nobles eran pocos:
la miserable envidia, el temor de perder la preeminencia,
 ruin resentimiento,

oscuras fueron las razones que impulsaron la muerte.
Pero no en los que digo, tan sólo coincidentes en el
    miedo a morir,
pues sustentaban la sentencia en una reflexión
que admita, acaso, alguno de vosotros.
Es más, mientras vivieron
sintieron el dolor por la muerte de Sócrates,
el hombre en quien veían al mejor ateniense,
y aún propusieron aplicar, y así lo hicieron, algunas de
    sus normas.

   La creación del nuevo Estado
significaba el sacrificio de los que hubieran alcanzado
    mayor edad de los diez años,
deportados en masa para labrar la tierra,
porque según los estatutos de la nueva República
la educación viciaba los espíritus todos.
Estimaba el mejor que el sacrificio suyo no importaba
(pues era desasido de los bienes y también de la vida;
digno de figurar, si no al lado de Sócrates, en línea con
    Glaucón o con su hermano),
pero tenía un hijo de tres años,
tullido de las piernas, y aunque de bella faz,
incapaz de ejercicios gimnásticos;
según la nueva ley,
condenado a morir por vicio natural.
Otras razones personales nos parecen más débiles,
pues alguien defendía la vida de un pariente querido
condenado, sin duda, por ser incorregible su maldad en
    algunos aspectos de su alma.
Eran siempre razones personales,
como el miedo a morir que a todos dominaba,
o esta extraña razón que algunos expusieron con docu-
    mentos abundantes:
la calidad de los discípulos
era inferior, en mucho, a la de Sócrates,
y algunos no llegaban a la altura de los medianos ciuda-
    danos.

Y al repasar la vida y las costumbres de cada uno de ellos
advirtieron que no correspondían la palabra y el acto;
era simulación en ellos la doctrina,
y el hecho evidenciaba su condición hipócrita.

Las razones más nobles de que muriera Sócrates
fueron, pues, éstas (débiles, sin embargo, al sereno entender
de la historia futura):
engendra, muchas veces, acerba crueldad
la mirada del puro,
pues no ve que del justo principio se deriva el error en ocasiones;
y en el ojo del puro se adhiere red tupida
que impide distinguir en los discípulos la verdad del espíritu.

Y, sin embargo, Sócrates sabía
que su Estado no habría de existir sobre la tierra,
pues sólo era un modelo de virtud
para ayudar al hombre a que ordenase la conducta del alma.

* * *

(Este seco relato de aquel crimen político
lo dejaron escrito, y hoy se escribe, se escribirá mañana,
al cumplirse cien años del oscuro homicidio.)

Palabras a la oscuridad
1966

DESPUÉS DE LA INFANCIA

I

Al terminar los juegos
nos quedábamos todos tan cansados
que se olvidaban de mi corto nombre.
Me retiraba entonces de la casa
al secreto lugar.

Allí se oscurecía la arboleda,
las palomas giraban caudalosas
y muy blancas, el mar
era un país lejano
cada vez más de niebla,
y caído en las hojas de los pinos
miraba hacia el misterio de la noche.
Los ojos, grandes y puros,
se cuajaban de puntos invisibles,
crecían las estrellas
con más luz,
y se turbaba el pecho
por la felicidad.

Era viejo aquel valle
de olivares nocturnos,
de almendros de hojas finas.
Y fui creciendo en el amor dichoso
del hombre y de la tierra.

El mundo estaba allí,
en el aliento de la suave noche,
descansando en mis ojos
hasta que nos durmiéramos.
Después, por la mañana,
nos despertaba la luz jubilosa.

II

Hoy el valle es más joven.
Los aires, al tocar las frescas hojas
del naranjal nacido,
casi rozan la tierra.
He querido sentir,
de nuevo, aquel misterio
de la emoción del mundo,
y en el mismo lugar
esperé a las tinieblas.
Altas aparecieron
las luces vacilantes de los astros,
y el pecho no tembló.

El tiempo, en su tarea,
lleva el polvo a las cosas,
despoja de secretos a los hombres,
en el alma se queda
germinando.
Al regresar al lecho
pensé que el mundo se extendía extraño
más allá de mi valle;
y sufrí al recordar
cuánto amor de aquel hombre
lejos de allí vivía.

EL RELOJ Y LA MUERTE

   Lento voy con la tarde
meditando un recuerdo
de mi vida, ya sólo
y para siempre mío.

   Y en el ciprés, que es muerte,
reclino el cuerpo, miro
la superficie blanca
de los muros, y sueño.

   El sol da en la varilla
de hierro, y una sombra
señala en la pared,
lentamente la mueve.

   Cierro los ojos. Llega
la brisa, gira las hojas,
roza mis sienes. Abro
nuevamente los ojos.

   En la pared anida
la tarde oscura. Nada
visible late, rueda.
Callan el mar y el campo.

   Muy despacio se mueve
el corazón, señala
las horas de la noche.
Lucen altas estrellas.

   Vive por él un muerto
que ya no tiene rostro;
bajo la tierra yace,
como el vivo, esperando.

ELCA

A Juan Bautista Bertrán

Ya todo es flor: las rosas
aroman el camino.
Y allí pasea el aire,
se estaciona la luz,
y roza mi mirada
la luz, la flor, el aire.

Porque todo va al mar:
y larga sombra cae
de los montes de plata,
pisa los breves huertos,
ciega los pozos, llega
con su frío hasta el mar.

Ya todo es paz: la yedra
desborda en el tejado
con rumor de jardín:
jazmines, alas. Suben,
por el azul del cielo,
las ramas del ciprés.

Porque todo va al mar:
y el oscuro naranjo
ha enviudado en su flor
para volar al viento,
cruzar hondas alcobas,
ir adentro del mar.

Ya todo es feliz vida:
y ante el verdor del pino,
los geranios. La casa,
la blanca y silenciosa,
tiene abiertos balcones.
Dentro, vivimos todos.

Porque todo va al mar:
y el hombre mira el cielo
que oscurece, la tierra
que su amor reconoce,
y siente el corazón
latir. Camina al mar,
porque todo va al mar.

ENCUENTRO EN LA PLAZA

Estaban en la plaza, rodeados
por la luz inclinada de la tarde,
cerca de las estatuas.
Los jóvenes, tendidos junto al muro,
sumíanse en el tiempo.
Y él se sentó debajo de los arcos,
en la primera grada.
Con el pecho latiendo,
miraba con los ojos encendidos
la inquieta cercanía de los otros.

Más allá de las aves y las torres,
cubriendo los abismos,
ascendía la sombra de la tierra.
Le miraron, y el golpe
vivo del corazón
hizo entreabrir la suavidad del labio
en tímida sonrisa,
en hermosas palabras de amistad.

Hablaban los dos jóvenes,
y otro después, y pronto se agruparon
todos los extranjeros de la plaza
alrededor, visibles a la luna,
con los distintos rasgos de su origen.
Hablaban con amor
de sus lejanos reinos, y olvidaban
la sigilosa huida del hogar,
el deseado encuentro con la tierra
de la esquiva alegría.

La emoción del recuerdo fue quemando
su errante corazón,
y al encontrarse solo, ya en el alba,
se durmió envejecido y misterioso.

JUEGOS EN LA ORILLA

Iban por la orilla del río
a las afueras de la ciudad maravillosa,
debajo de las vegetales jaulas de los pájaros
enloquecidos por el sol.
Lentas viajaban las barcas
por la sombra morada de las rocas,
y el salto de algún cuerpo
resplandecía al aire de la siesta.
Marchaban amistosos,
oyendo la frescura de los remos
cerca tal vez, lleno el pecho de vino,
turbios los ojos de pereza.

Se detuvieron en un prado
que dormido nacía de la orilla,
en donde los muchachos abundaban
y multitud de perros.
Fueron llamados a jugar,
fue muy alegre el baño,
y el descanso de los cuerpos tendidos.
Con las horas
se iba alejando la alegría,
y el grupo, ya disperso,
vagaba indiferente.
Callados, contemplaban los jóvenes
la viva algarabía de los perros,
el misterio de la tierra apagándose.

Al regresar, iban hablando
palabras de oscuro sufrimiento.

LOS SIGNOS DESVELADOS

Subí hasta la colina
para mirar el ancho
río, la ciudad rosa,
los montes de cipreses,
mientras caía el sol.

Era fiesta; los grupos
bajaban de la luz
con alegría, voces
altas, felices. Libres,
regresaban al valle.

Y advertí que un extraño,
con los ojos muy fijos,
miraba el sol. Las torres
eran pavesas ya
del aire, miradores
de un fuego muy oscuro.
Temblaban los cipreses
en la línea del monte,
mientras yacía el río
ya quemado. Muy lejos
se perdían las voces.

Tambien era extranjero.
Se acercó a un árbol,
y arrancando unas hojas
de laurel,
avanzó por el parque.
Y desvelé el misterio
de su quieta mirada:
en todos los lugares
de la tierra,

el tiempo le señala
al corazón del joven
los signos de la muerte
y de la soledad.

OSCURECIENDO EL BOSQUE

   Toda esta hermosa tarde, de poca luz,
caída sobre los grises bosques de Inglaterra,
es tiempo.
         Tiempo que está muriendo
dentro de mis tranquilos ojos,
mezclándose en el tiempo que se extingue.
Es en la vida todo
transcurrir natural hacia la muerte,
y el gratuito don que es ser, y respirar,
respira y es hacia la nada angosta.

   Con sosegados ojos miro el bosque,
con tal gracia latiendo
que me parece un soplo de su espíritu
esa dicha invisible que a mi pecho ha venido.
Cual se cumple en el hombre
también se ha de cumplir la vida de la tierra;
la débil vecindad que es realidad ahora,
distancia tenebrosa será luego,
toda será negrura.

   Miro, con estos ojos vivos, la oscuridad del bosque.
Y una dicha más honda llega al pecho
cuando, a la soledad que me enfriaba,
vienen borrados rostros, vacilantes
contornos de unos seres
que con amor me miran, compañía demandan,
me ofrecen, calurosos, su ceniza.
Cercado de tinieblas, yo he tocado mi cuerpo
y era apenas rescoldo de calor,
también casi ceniza.
Y he sentido después que mi figura se borraba.

   Mirad con cuánto gozo os digo
que es hermoso vivir.

MERE ROAD

A Felicidad Blanc

Todos los días pasan,
y yo los reconozco. Cuando la tarde se hace oscura,
con su calzado y ropa deportivos,
yo ya conozco a cada uno de ellos, mientras suben en grupos
o aislados,
en el ligero esfuerzo de la bicicleta.
Y yo los reconozco, detrás de los cristales de mi cuarto.
Y nunca han vuelto su mirada a mí,
y soy como algún hombre que viviera perdido en una casa de una extraña ciudad,
una ciudad lejana que nunca han conocido,
o alguien que, de existir, ya hubiera muerto
o todavía ha de nacer;
quiero decir, alguien que en realidad no existe.
Y ellos llenan mis ojos con su fugacidad,
y un día y otro día cavan en mi memoria este recuerdo
de ver cómo ellos llegan con esfuerzos, voces, risas, o pensamientos silenciosos,
o amor acaso.
Y los miros cruzar delante de la casa que ahora enfrente construyen
y hacia allí miran ellos,
comprobando cómo los muros crecen,
y adivinan la forma, y alzan sus comentarios
cada vez,
y se les llena la mirada, por un solo momento, de la fugacidad de la madera y de la piedra.

Cuando la vida, un día, derribe en el olvido sus jóvenes edades,
podrá alguno volver a recordar, con emoción, este suceso mínimo

de pasar por la calle montado en bicicleta, con esfuerzo ligero
y fresca voz.
Y de nuevo la casa se estará construyendo, y esperará el jardín a que se acaben estos muros
para poder ser flor, aroma, primavera,
(y es posible que sienta ese misterio del peso de mis ojos,
de un ser que no existió,
que le mira, con el cansancio ardiente de quien vive,
pasar hacia los muros del colegio),
y al recordar el cuerpo que ahora sube
solo bajo la tarde,
feliz porque la brisa le mueve los cabellos,
ha cerrado los ojos
para verse pasar, con el cansancio ardiente de quien sabe
que aquella juventud
fue vida suya.
Y ahora lo mira, ajeno, cómo sube
feliz, encendiendo la brisa,
y ha sentido tan fría soledad
que ha llevado la mano hasta su pecho,
hacia el hueco profundo de una sombra.

EVOCACIÓN EN PRESENCIA

Os veía atender, discutir suavemente,
y en alguno un sensible calor apasionado
cada vez menos cierto

(y me encontré buscando el tiempo que vivimos juntos,
a tan larga distancia esta ciudad, la luz tardía de estos
    días,
la juventud que os habitó,
la vida que, no sé en quienes de vosotros,
ya ha trocado la muerte en infortunio.
Y arañé con las manos el olvido,
con dientes codiciosos desgarré los recuerdos,
y era impotente la memoria
y humillación el llanto.
Pude, con milagroso esfuerzo, abrir los ojos,
con moribundo impulso,
a la perdida realidad...).
                    De nuevo estaba este momento
transitando a su muerte,
y os veía atender, con suavidad discutiendo las voces,
y una risa brotó, feliz, de pronto,
con sonido de tiempo,
hermosa para el corazón.

Y os estuve mirando con profundo cansancio
porque el viaje había sido largo, y era grande
la turbación de mi conciencia;
después pude advertir
la seriedad que había en vuestros rostros.

CENIZA EN OXFORD

　　Os miro,
y veo despojados vuestros jóvenes cuerpos,
y apenas reconozco vuestras antiguas diferencias.
Sólo algún diente de metal, porque aquellas sonrisas
se han transformado en el horror de un bostezo profundo.
Tampoco reconozco la distinción de vuestra raza,
hecha de timidez y de rapiña,
mientras mi voz os suena funeral, en la distancia breve
que va de un esqueleto a otro esqueleto.
Porque os hablo de un muerto,
de alguien que está alojado en la humedad perpetua,
y no es verdad que esté más vivo que nosotros,
como pretendo aseguraros.
Cae ceniza detrás de las ventanas,
muertas hojas sin savia, y el espectro del cielo
sin color.

　　(Tan sólo un poderoso cadáver que soñara
nos pudiera crear de esta manera.)

OTOÑO INGLÉS

A Carmen Bravo Villasante

No para ver la luz que baja de los cielos,
incierta en estos campos,
sino por ver la luz que, del oscuro centro de la tierra,
a las hojas asciende y las abrasa.
Yo no he salido a ver la luz del cielo
sino la luz que nace de los árboles.
Hoy lo que ven mis ojos
no es un color que a cada instante muda su belleza,
y ahora es antorcha de oro,
voraz incendio, humareda de cobre,
ola apacible de ceniza.
Hoy lo que ven mis ojos
es el profundo cambio de la vida en la muerte.
Este esplendor tranquilo
es el acabamiento digno de una perfecta creación,
más si se advierte
la consunción penosa de los hombres,
tan sólo semejantes en su honda soledad,
mas con dolor y sin belleza.

El hombre bien quisiera que su muerte
no careciese de alguna certidumbre,
y así reflejaría en su sonrisa,
como esta tarde el campo,
una tranquila espera.
(Belleza del durmiente
que agita imperceptible el mudo pecho
para alzarse después con mayor vida;
como en la primavera los árboles del campo.)
¿Como en la primavera...?
No es lo que veo, entonces, trastorno de la muerte,
sino el soñar del árbol, que desnuda
su frente de hojarasca,

y entra así cristalino en la honda noche
que ha de darle más vida.

    Es ley fatal del mundo
que toda vida acabe en podredumbre,
y el árbol morirá, sin ningún esplendor,
ya el rayo, el hacha o la vejez
lo abatan para siempre.
En la fingida muerte que contemplo
todo es belleza:
el estertor cansado de las aves,
la algarabía de unos perros viejos, el agua
de este río que no corre,
mi corazón, más pobre ahora que nunca,
pues más ama la vida.

    Las rotas alas de la noche caen
sobre este vasto campo de ceniza:
huele a carroña humana.
La luz se ha vuelto negra, la tierra
sólo es polvo, llega un viento
muy frío.
Si fuese muerte verdadera la de este bosque de oro
sólo habría dolor
si un hombre contemplara la caída.
Y he llorado la pérdida del mundo
al sentir en mis hombros, y en las ramas
del bosque duradero,
el peso de una sola oscuridad.

TODOS LOS ROSTROS DEL PASADO

Todos los rostros del pasado, difusos, bellos, han venido
con su pureza o su maldad
a liberarme de la tristeza en esta tarde.
Nada remuerde a la conciencia
si llevo la piedad a unos ojos terribles,
o a unas manos que sólo golpearon,
porque así me miren otros, con ojos arrasados,
sabiéndome también terrible y violento.
La pequeña emoción que voltean los pechos
a unos los enciende con el gozo
y a otros los condena con dolor profundo,
y el hombre no comprende el designio secreto de su
  naturaleza.

Todos nos hemos reunido,
algunos todavía con rubor infantil, otros desnudos
y vigorosos debajo de las sábanas,
para mirarnos confiadamente.
Y en la mirada de cada uno reconocemos el bien,
y el mal de cada uno es el que nos transmitimos con
  ceguedad.
Nos hemos preguntado, y nadie sabe la respuesta,
si es más valiosa una pequeña felicidad que el dolor que
  encanece los cabellos,
si un nimio desengaño es más valioso que una felicidad
  enajenada,
porque nunca sabremos por qué la memoria ha sepultado
  aquel día y ha elegido aquel otro para su salvación.

Pero todos nos hemos reunido,
y también los jóvenes que corrompió la muerte,
para defender cada momento de la vida.
Y unos asienten al presente

porque les permitirá nutrirse de sí mismos, y salvar
    piadosamente de la muerte a los muertos,
y otros asienten al presente porque es siempre el origen
    del futuro misterio, de la continuada realidad,
y todos hemos asentido porque el presente es precario
    como el hombre.
Y hemos aceptado esta dichosa aventura:
oler una flor del campo,
acariciar con temblor un cuerpo amigo,
ver las sombras abatirse diariamente sobre la tierra.

   Y tú entre ellos, rostro más delicado que ninguno,
rubor tan encendido que me vuelve inocente,
que ríes como el mundo cuando es feliz,
y miras mi corazón con dos oscuras y suaves violetas
    alojadas debajo de la luz.
Por ti nos hemos reunido todos con amor,
para que aceptes de mí la ocasión del dolor y la del
    gozo,
como yo acepto también el dolor renovado que me
    traigas
o el alto gozo de la contemplación de tu existencia.

AMOR EN AGRIGENTO

(Empédocles en Akragas)

Es la hora del regreso de las cosas,
cuando el campo y el mar se cubren de una sombra
    lenta
y los templos se desvanecen, foscos, en el espacio;
tiemblan mis pasos en esta isla misteriosa.

Yo te recuerdo, con más hermosura tú
que las divinidades que aquí fueron adoradas;
con más espíritu tú, pues que vives.
Hay una angustia en el corazón
porque te ama,
y estas viejas columnas nada explican:

Unos ardientes ojos, cierta vez, miraron esta tierra
y descubrieron orígenes diversos en las cosas,
y advirtieron que espíritus opuestos los enlazaban
para que hubiese cambio, y así explicar la vida.
Esta tarde, con los ojos profundos, he descubierto la
    intimidad del mundo:
Con sólo aquel principio, el que albergaba el pecho,
extendí la mirada sobre el valle;
mas pide el universo para existir el odio y el dolor,
pues al mirar el movimiento creado de las cosas
las vi que, en un momento, se extinguían,
y en las cosas el hombre.

La ciudad, elevada, se ha encendido,
y oyen los vivos largos ladridos por el campo:
éste es el tránsito de la muerte, confundiéndose con la
    vida.
Estas piedras más nobles, que sólo el tiempo las tocara,
no han alcanzado aún el esplendor de tu cabello
y ellas, más lentas, sufren también el paso inexorable.

Yo sé por ti que vivo en desmesura,
y este fuerte dolor de la existencia
humilla al pensamiento.
Hoy repugna al espíritu
tanta belleza misteriosa, tanto reposo dulce, tanto engaño.

   Esta ciudad será un bello lugar para esperar la nada
si el corazón alienta ya con frío,
contemplar la caída de los días,
desvanecer la carne.
Mas hoy, junto a los templos de los dioses,
miro caer en tierra el negro cielo
y siento que es mi vida quien aturde a la muerte.

BALCÓN EN SOMBRA

Pudo ser un repentino brillo de los ojos,
el casi imperceptible movimiento de una mano,
o el dulce quiebro de la voz, advirtiendo
que ha llegado a los labios nuevo fuego,
o también la sorpresa de una clara sonrisa
que, tímida, naciera por nosotros,
sin creerse observada.

Mas salgo ahora al balcón para mirar el campo
debajo de la tarde agonizante,
y es lo mismo que aquello,
porque se ven hogueras, sin crepitar, lejanas.

Es el verano, y una música viene
que otros oídos escucharon,
y en la que los descritos gestos obtuvieron respuesta
en juveniles pechos de la corte de Médicis,
ya para siempre muertos,
adolescentes que sintieron por vez única
sus corazones oprimidos,
ya muertos para siempre
por el puñal, la soledad o el tiempo.

Pero la vida es la que ahora llega
en las palabras que me escribes,
la vida ya vivida.
Y aquel lugar, y el tiempo ya enterrado, vuelven a mí
y el milagro sucede; los miro a la distancia, para siempre,
no como los viviera, los miro ya con tu verdad secreta
que a mí se refería.
Y he salido al balcón
y he visto las hogueras, sin crepitar, lejanas,
cubriendo todo el campo.

Nunca será olvidable este momento
porque nunca la dicha es olvidable
si ha dejado en el cuerpo tanta fuerza,
fuerza para vivir, fuerza para dar vida.
Pude nacer sólo por esto.

Y con el pecho vasto, turbado
por la felicidad y por la noche,
regreso al interior. La sala en sombra
se espesa en los rincones,
la música se extingue.
Hay soledad, y amor, y estoy con vida.
Tras de los ojos húmedos tu imagen
casi real parece,
y en el esfuerzo que te crea siento un poder que no es
      del hombre;
vienes, desde la gran distancia,
sólo vestido el cuerpo por transparente ola.

Al aclararse la penumbra, veo
sobre la mesa, fantasmal, un vaso
con el agua teñida de un color desvaído
dando muerte a tres rosas.
Y al tocar el cristal te desvaneces.
Quieres volver a mí de manera distinta,
nace el dolor.
Las rosas aquí están, tú las dejaste
fragantes, luminosas:
las rosas que nos dio un amigo.
Nace el dolor,
y aquel momento de la tarde, sólo vulgar, indiferente,
en que el sonido de tus pasos
me separó de la ventana, quiere volver:
con natural descuido colocabas los tallos,
y apenas si inclinaste la cabeza
para oler brevemente las rosas amarillas.

Ya están secas las rosas,
y el color, que es su tiempo, lo han perdido;

te desvaes también, quiero hacerte llegar,
ponerte sobre un tiempo más preciso, y hace daño
tanto fracaso en tan mediocre hazaña.
Algo podrida está mi carne,
pues ha perdido luz, y el pecho vastedad
y la alegría ha desmayado pronto.

    La miseria del hombre se advierte en este signo:
los ojos están húmedos;
ruin es la expresión del dolor y la dicha,
y ella nos manifiesta,
con su igualdad, la confusión del hombre,
nos enseña en la vida sucesos de la muerte.

DESTERRADO MONARCA

He asistido durante mucho tiempo de este día
a la alegría del árbol,
con el cuerpo tendido al pie del tronco:
su variado rumor, los vuelos cortos de las hojas,
su nueva y alta primavera.
A aquel árbol tan grande le temblaba la vida,
tenía la alegría que el hombre a veces tiene.
Y todo en torno era caída luz, vieja
luz en la hierba, precipitadas
haces de luz en el río.
Y aquel bogar de lentas barcas,
con suavidad movidas por manos juveniles,
alzado y tenso el cuerpo, descalzo el pie, pronta la risa,
los ojos en los ojos de quien llevan.
Pero yo soy un cuerpo tendido al pie de un tronco,
alguien que mira el mundo sin sorpresa,
y en el que nadie podría percibir
sino el pausado ritmo de su pecho.
Y he acercado este cuerpo hasta la orilla
y he visto allí la faz del que miraba
el esplendor del mundo,
y era oscuro su signo:
pues su cara era tersa, y eran sus ojos luminosos.
Mas yo sé qué alta fiebre le encendía.

Quien así veis, fugaces transeúntes de este parque,
fugaz como vosotros, junto al río,
en la mañana de la primavera,
es más que un rey, pues más que un rey es ser
un hombre enamorado,
si hace ese amor posible
una continua batalla desolada.
Lejos de su país, en donde el sol

es el huésped amigo del invierno,
y lejos de la tierra
en donde, como aquí, la luz es negra por el frío,
pero habitan sus ojos.

   Quien así veis, fugaces transeúntes de este parque,
fugaz como vosotros, junto al río,
en la mañana de la primavera,
es más que un rey, acaso es algún héroe,
pues con el cuerpo joven, y el corazón con ira,
mientras palpita el mundo en torno suyo,
sonríe con los labios.
Miradle en su desgracia,
desterrado monarca de un cuerpo imperdurable,
feliz como un mortal que mira el mundo
indiferente al tiempo.
Y sin cerrar los ojos, su corazón
ha entrado en la desgracia,
pues ha visto a quien ama perecer,
rodar un viejo escudo por el polvo,
devastar aquel rostro una creciente oscuridad.
Monarca envejecido tras su visión,
aún sonríen sus labios.

SS. ANNUNZIATA

(Brunelleschi)

El aire de la plaza se entraba por los arcos, y salía con sol,
y revolaba en las columnas, aligerando la escasa ropa de
    los niños,
y después se acercaba silencioso a las fuentes, a sus
    tazas barrocas, para romper los surtidores,
y dejaba alegría inocente en muchos rostros
porque los novios, con sus trajes más largos, retrataban
    allí su día más feliz.
Se sucedían las parejas, los coches, y el sol de agosto era
    más fuerte,
y desmayaba el aire,
y en las enjutas de los arcos volvían a vestir los niños sus
    pañales,
y eran más numerosos cada vez.
Un caballero cabalgaba, feliz en la armonía de la plaza,
portador de palomas.

Y de repente vino, por la abierta ventana,
un aire de otro siglo,
y se posó tranquilo en nuestros cuerpos sudorosos.
Miré tu sólida cabeza adolescente, los arcos en la luz,
y vi la vida en ti,
con el destello de lo que sólo vive en el presente.

Los arcos en la luz, el prodigio de un arte que
    apareciera aquí por vez primera,
el favorable juicio de la historia,
todo aquello que acaso sobreviva al corazón del hombre,
era limosna pobre para los demás,
porque latías.

Y una mañana abandonamos la hermosa plaza del
    amor,
y no quisimos retener la luz de la ciudad de los palacios,
y cruzamos su río detenido en el fuego
para iniciar nuestro viaje.

(He escarbado el olvido, y husmeando el amor
por el desván oscuro de mi vida,
he vuelto a recordar un tiempo fallecido.)

CAUSA DEL AMOR

A Detlef Klugkist

Cuando me han preguntado la causa de mi amor
yo nunca he respondido: Ya conocéis su gran belleza.
(Y aún es posible que existan rostros más hermosos.)
Ni tampoco he descrito las cualidades ciertas de su espíritu
que siempre me mostraba en sus costumbres,
o en la disposición para el silencio o la sonrisa
según lo demandara mi secreto.
Eran cosas del alma, y nada dije de ella.
(Y aún debiera añadir que he conocido almas superiores.)

La verdad de mi amor ahora la sé:
vencía su presencia la imperfección del hombre,
pues es atroz pensar
que no se corresponden en nosotros los cuerpos con las almas,
y así ciegan los cuerpos la gracia del espíritu,
su claridad, la dolorida flor de la experiencia,
la bondad misma.
Importantes sucesos que nunca descubrimos,
o descubrimos tarde.
Mienten los cuerpos, otras veces, un airoso calor,
movida luz, honda frescura;
y el daño nos descubre su seca falsedad.

La verdad de mi amor sabedla ahora:
la materia y el soplo se unieron en su vida
como la luz que posa en el espejo
(era pequeña luz, espejo diminuto);
era azarosa creación perfecta.
Un ser en orden crecía junto a mí,
y mi desorden serenaba.
Amé su limitada perfección.

UN RASTRO DE FELICIDAD

En esta hora lívida de primavera, cuando cae la
    tarde,
después de una reciente lluvia, las flores
brotan en el jardín
claras y misteriosas,
y oigo carreras en la calle, después silencio, siento la
    soledad
herirme,
y ahora pasos y voces. Cesan. Canta un muchacho,
y adivino en sus ojos la despedida de esta luz cansada,
    de este día terrible
para tantos, miéntras su voz se aleja por la noche.

Ahora que no hay felicidad, quiero encontrar un rostro
que refleje su luz, mirar caer la noche
sobre el campo dormido, oír cantar un pájaro
con dulzura inocente.
Y ahora que de ella nada queda en mí,
yo quiero contemplarla
en lo que existe y la retiene,
y con ojos serenos me asomo a la ventana para ver
un hombre con un perro, conversando unos niños, un
    balcón
encendido.

Hay un sordo dolor ante este frío oscuro que se agolpa
más allá de las horas de la vida,
y busco un rostro que refleje luz,
alguien que como yo, teniendo muerte sólo,
tenga también, como tuviera yo,
venciéndola, la vida.

Los niños se dispersan, el balcón se ha apagado, se
    hunde en la noche el hombre con su perro.

RELATO SUPERVIVIENTE

(Feria de julio en Valencia)

    Después del espectáculo brillante, del entusiasmo
de la apretada multitud,
poseído de una creciente repugnancia,

    he subido las laderas de Delfos,
en donde el sol enloquecía los moribundos gritos de las
      aves,
y he asistido desde el mísero templo, desde el lugar
      famoso
de las antiguas vanidades (nidal de la rapiña,
trofeo de la guerra, solar arruinado de las artes,
cáscara de la vida),
a ese momento que justifica al hombre,
pues otra vez yo vi cómo su rostro se mudaba,
y la emoción de aquel hundido valle de olivos silenciosos
reposando en el mar
apagaba la luz del fatigado cuerpo adolescente,
y lo dejaba como una piedra desvaída, de oro;
y pude así pensar,
con el terror que da el conocimiento más profundo,
en el azar de los encuentros de los hombres,
no sólo en el espacio,
también en la oquedad ilímite del tiempo.
Imaginando las más sutiles traiciones del artista
—desnuda y fría piedra,
o en el calor mentido de algún bronce—,
cosa más fácil fuera aproximarse a su persona
en el sueño apagado de algún museo venerable;
pero su carne verdadera, esa que el tiempo muerde
con infame castigo, latía,
y era vida, y en ella había espíritu.

Y aquel suceso natural pudo no ser, mas fue,
y así es posible hoy la nobleza, la feliz dignidad,
como en otros momentos la degradada condición del
 hombre.
He regresado el tiempo hasta París, y soy ese muchacho
que avanza por la noche entre banderas, y ruidos de
 músicas,
por la avenida iluminada donde los bailes giran, y giran
 las cinturas de las niñas,
las piernas enlazadas, quebrados pantalones, sucias barbas, besos extintos, huecas risas,
y en los ciegos umbrales de locales nocturnos
gasta el muchacho su mirada
no para ver virtud, sino la paz de los pecados en penumbra,
porque la calle es vómito,
y el cuerpo del muchacho es todavía
un lugar inocente.

Avanzaba la noche, la fiesta nacional, bulliciosas co-
 hortes callejeras,
y una vergüenza súbita por no estar degradado;
con asco del pecado, entonces supe
que hay un peor castigo para el hombre:
la soledad sentida como infame.

Y en el calor de julio, agolpado el cansancio en mi
 mirada
y extraño de mi vida, me senté en un café
no lejano del río. El tiempo no era nada,
sólo calor. Y, de repente, gotas
gruesas, los distanciados golpes
de la lluvia que cae,
el raudal reunido de su música,
súbitas carreras, agudos gritos,
y el agua cae en la desierta calle, potente, victoriosa.
(El tiempo no es ya nada: un estupor del ojo.)
                                              Pronto cesa.
Y ahora se llaman todos, gritan, ríen.

Y vamos hacia el puente, por donde regresamos,
con amor confiado,
al reposo del lecho.

   El tiempo, rodadizo, llega de los caminos polvorientos
con crecido cansancio, y el buen olor de los bosques
    ocultos.
Y así, sin que mis manos golpeasen las aldabas de plata
me he adentrado en Salzburgo,
en la mansión del aire claro;
he penetrado el centro de la rosa.
Desde el cercano cielo
la luz cae en las ramas de los montes,
roza con labios rosas largos muros,
y en las plazas hay fresca sombra, y alas.
Mana la claridad del río, vive
la gracia en el jardín, los aros ruedan,
ruedan las bicicletas entre flores,
sube una voz, hay revuelo de faldas,
fuentes, silencio en las ventanas, un castillo
elevado, la paz de un cementerio,
tras la penumbra el oro de un altar.
Miro la luz, la música del aire,
las altas curvas de las torres,
la vida de este día...
... Y ahora muere.
                    En este lago alpino,
lejos de la ciudad,
donde sólo se escucha la imprecisa cascada,
debajo de una luz desvanecida
te llevo de la mano.
Hemos mirado, en el silencio,
caer las sombras de los montes (altos
muros subiendo hacia una luz ya no posible),
caer en estas hondas aguas,
cegar la noche el bosque.
Y ahora el pecho palpita, nuestros labios
queman su piel, el alma
gime. Cercanos, se han abierto tus ojos,

y en ellos he sabido, trastornado,
que la felicidad existe.
Con ella regresamos. Sobre el suelo
posa la sombra del olvido,
aún nuestros pasos resonando
junto a la orilla negra, por el borrado bosque;
en el olvido natural del día
yacen gritos de pájaros, los perezosos roces
de las barcas, el amor de los pechos.
Me quiero recordar, y recordarte. Juntos los dos
volvíamos del lago,
con el cuerpo inmortal,
pues la dicha habitaba nuestra carne.
También cae el olvido en la mirada:
en la cueva del bosque
veíamos volar miles de luces
diminutas; silenciosos insectos que vivían
para que adivináramos su muerte.

   Estos lugares pasan traídos del azar
hasta mis ojos,
tocando el corazón.
Ahora llega Ferrara: apenas el labrado recuerdo
de una esquina de piedra.
Es la emoción del orden
lo que Ferrara en mí revive,
y no hay recuerdos casi de su imagen.
Esta ciudad nacida de unas mentes robustas
deja en la soledad humana
orden afortunado.
La noche de Corfú no la diré;
que la sepulte el polvo de otras noches,
pues la felicidad del hombre, así vivida,
demanda sólo muerte.
Mas vivo en esta tarde, y otros días
vendrán, y otros lugares
de la tierra. Ocasiones de amor
o de dolor que, con firmeza,
me irán envejeciendo.

    Tarde aspiro un aroma,
y es la lejana primavera de Oxford
nacida junto al río, que me trae
la vida. Son muchachas al sol,
de anchos sombreros de ceniza, jóvenes voces
que enronquecen súbitas, chaquetas colegiales
de abundantes colores y un seco tacto.
Desciende el sol, un sol igual al de Faestos.
Muchachos con levita lanzan, subidos en los árboles,
los sombreros de copa, los graznidos,
un humo negro de pistolas.
Y por el río bajan los veloces remeros
centelleando al sol, rodeados de gritos
ahora sordos, y con los huesos húmedos.
Es un esfuerzo hermoso, como el verdín
que les recubre, una tarde dichosa
de juventud y de belleza;
transcurren las carreras, y en su fervor
sigo bebiendo un líquido viscoso, y asisto todavía
al espectáculo correcto de una cortés conversación
de centenares de personas, bajo abiertas sombrillas,
aunque yo siento frío, y los ojos se nublan
y una tierra me da nuevo sabor,
                              y hondo caigo
por el vacío inmenso de la vida acabada,
con ese gesto inútil, en el terror del ojo,
del esfuerzo de un brazo
rompiendo con el remo la quieta superficie
de las aguas, el silencio del sol.

LA PERVERSIÓN DE LA MIRADA

La niña,
con los ojos dichosos,
iba —rodeada
de luz, su sombra por las viñas—
a la mar.
Le cantaban los labios,
su corazón pequeño le batía.
Los aires de las olas
volaban su cabello.

Un hombre, tras las dunas,
sentado estaba,
al acecho del mar.
Reconocía la miseria humana
en el gemido de las olas,
la condición reclusa de los vivos
aullando de dolor,
de soledad, ante un destino ciego.
Absorto las veía
llegar del horizonte, eran
el profundo cansancio del tiempo.

Oyó, sobre la arena,
el rumor de unos pies
detenidos.
Ladeó la cabeza, pesadamente
volvió los ojos:
la sombría visión que imaginara
viró con él, todavía prendida,
con esfuerzo.
Y el joven vio que el rostro
de la niña
envejecía misteriosamente.

    Con ojos abrasados
miró hacia el mar: las aguas
eran fragor, ruina.
Y humillado vio un cielo
que, sin aves, estallaba de luz.
Dentro le dolía una sombra
muy vasta y fría.
Sintió en la frente un fuego:
con tristeza se supo
de un linaje de esclavos.

EL MENDIGO

Extraño, en esta noche, he recordado
una borrada imagen. El mendigo
de mi niñez, de rostro hirsuto, torna
desde otro mundo su mirada dura.
Llegaba al mediodía, y un gruñido
de animal viejo le anunciaba. (Toda
la casa estaba abierta, y el verano
llegaba de la mar.) Andaba el niño
con temor a la puerta, y en su mano
depositaba una moneda. Era
hosca la voz, los ojos fríos de odio,
y sentía un gran miedo al acercarme,
la piedad disipada. Violenta
la muerte me rondaba con su sombra.
Sólo después, al ver a los mayores
hablar indiferentes, ya de vuelta,
se serenaba el pecho. Me quedaba
cerca de la ventana, y frente al mar
recordaba las sombrías historias.

Esta noche, pasado tanto tiempo,
su presencia terrible y misteriosa
me ha desvelado el sueño. Ningún daño
he sufrido de aquella voluntad,
y el hombre ya habrá muerto, miserable
como vivió. Aquellos años, otros
muchos mendigos iban por las casas
del pueblo. Todos, sin venganza, yacen.
Los extinguió el olvido. Vagas, rotas,
surgen sus sombras; la memoria turba
un reino frío y solitario y vasto.
Poderosos, ahora me devuelven
la mísera limosna: la piedad

que el hombre, cada día, necesita
para seguir viviendo. Y aquel miedo
que de niño sentí, remuerde ahora
mi vida, su fracaso: un anciano
me miraba con ojos inocentes.

MUERTE DE UN PERRO

A Jacobo Muñoz

   Llegando a la ciudad
pude ver que asaltaban los muchachos al perro
y le obligaban, confundidos los gritos y el aullido,
   a deshacer el nudo con el cuerpo del otro,
y la carrera loca contra el muro,
y la piedra terrible contra el cráneo,
y muchas piedras más.
Y vuelvo a ver aquel girar
de súbito, todo el espanto de su cuerpo,
su vértigo al correr,
su vida rebosando de aquel cuerpo flexible,
su vida que escapaba por los abiertos ojos,
cada vez más abiertos
porque la muerte le obligaba, con su prisa iracunda,
a desertar de dentro tanta sustancia por vivir,
y por el ojo sólo tenía la salida;
porque no había luz,
porque sólo llegaba tenebrosa la sombra.

   Allí entre los desechos
de aquel muro de inhóspito arrabal
quedó tendido el perro;
y ahora recuerdo su cabeza yerta
con angustia imprevista:
reflejaban sus ojos, igual que los humanos,
el terror al vacío.

MUROS DE AREZZO

A Francisco Nieva

Dentro de aquella descarnada iglesia
la nave era una sombra, cuyo aliento
era un vaho de siglos, y en la hondura
vimos la luz sesgando el alto muro.
Y el sueño humano allí, con los colores
del más ardiente engaño, las cenizas
del deseo de un hombre sepultadas
en árbol, en corcel, séquito o ángel.
No puso fantasía ni invención:
sobre la faz del hombre y de la tierra
dejó el orden debido; y admiramos
no la belleza física, la imagen
de nuestra carne serenada. Suma
de perfección es la cabeza humana,
sin fuego de alegría y sin tristeza;
ni altiva ni humillada bajo el arco
del aire azul, tan quieta la mirada
que deja a los caballos sin instinto,
sin crecimiento natural al árbol.

Se nos narra una historia de este mundo;
el pretexto remoto de unos seres
como nosotros mismos, mas sabemos
que el bien y el mal aquí no son pasiones.
La pintada pared nos muestra el sueño
que abolió nuestra escoria: son iguales
el moribundo y el que ama, reyes
y palafreneros, montes o lanzas,
la desnudez y el atavío, sol
o noche, los piadosos y el guerrero,
la sed y la coraza, quien vigila
y el dormido en la tienda, la señora

y sus damas, el estandarte rojo
y el sepulcro, el joven y el anciano,
la indiferencia y el dolor, el hombre
y Dios.
    Enamorado alguna vez,
y haciendo realidad el viejo sueño
de una mejor naturaleza, quiso
la perfección. Recordando el amor,
la dicha mantenida, sus pinceles
conservaron los hábitos y gestos
terrenales, copió la vida toda,
y a semejanza de él, aunque visible,
un aire hermoso y denso allí respiran
logrando un orden nuevo que serena:
feliz, sin libertad, vive aquí el hombre.

SOLO DE TROMPETA

A Toni Puchol

Cuando ya las miradas de todos se conocían vagamente,
a través de las pupilas nubladas por el alcohol,
de aquella música confusa, de la penumbra de aquel
   humo, del caos
vino un silencio imperceptible,
y una trompeta sola, de fuego, nos quemaba la vida.

O acaso era de hielo aquella música:
inertes los sonidos, para que cada uno de nosotros
los hiciese movibles, los llenase de espíritu.
Por cada uno de los hombres
la música cantaba diferente: con alegría estéril
en la mujer que me miraba, con cansada tristeza
en unos yertos labios, y en el muchacho solitario
con profunda nostalgia de vejez;
la música cantaba diferente, sin que nadie supiera
cómo sonaba junta, con qué intenso dolor.

En aquel cuarto oscuro nada correspondía a la verdad
   del hombre:
la emoción estridente del músico era falsa,
torpe el engaño de los otros.
La verdad es humilde y es sencilla.
La soledad, al compartirla con otras soledades,
hace más viva la impotencia,
y empuja al hombre entonces a regiones heroicas
con sólo el sentimiento.
Después cae un cansancio sobre el alma
por esta lucha inútil, se resiente
tanta falsa virtud, la mentida pureza;
y cuando la trompeta, desmayada, se extingue en el
   silencio,

sólo quedan visibles, descubiertos al fin, los más ocultos,
los más tenaces vicios:
se reconocen las miradas, y puede haber piedad,
y hasta sentir alguno un tibio amor.

La trompeta de fuego,
muda sobre una mesa, la vemos amarilla,
y está vieja y rayada.

EN LA NOCHE ESTRELLADA

¿Serán aquellos cuerpos tan sólo piedras frías
—inaudible su música de argollas—
nacidas sin amor para rodar desiertas?

Nos consuela su luz, mienten sus rayos
calor, y acaso un Ser oculto,
con llamas en los dedos, las enciende;
y alumbra en los humanos la esperanza.

¿Nacieron con amor, y ahora desiertas
ruedan, cada vez con más frío y más silencio,
borrado sueño de algún cadáver poderoso?

Nuestra mirada las consuela, mentimos
un calor, como si oculto un Ser,
con llamas en los dedos, encendiese
el pensamiento grave de los hombres.

¿Y así la vida pasa, encendida la carne,
y la piedra encendida?

Acaso existe un Ser, alguna mano oculta,
con llamas en los dedos, que está quemando
el tiempo. Y es el hombre y la piedra
los restos que amontona la ceniza.

MIRÁNDOSE EN EL HUMO

Así que el hombre ha hundido su barbilla en la mano,
y ha cerrado los ojos para ver
el humo de su vida,
tan sólo ha visto sucesión de gestos, cansados pasos, sombras
y sombras:
allá, en un punto de su vida, algún terror,
y, más terrible aún, las alegrías ahora vanas.
Y a unas sombras que pugnan por formar de nuevo el bulto
(son las que fueron para él más vivas
que aquella misma vida suya),
en la memoria las derriba el tiempo.

Abre los ojos, en torno de su cuarto,
y es noche oscura.
De nuevo deja la barbilla humosa
caer en el estrago de la mano.
De toda aquella vana polvareda
sólo un dolor pervive,
que rompe las cadenas, en su pecho, de una bestia de fuego.
La vida muerde aún,
mientras la sombra de la tarde viene
para apagarle su dolor,
su vida toda.
Y un aire llega que deshace el humo.

Aún no
1971

LOS SIGNOS DE LA MADRUGADA

¿Por qué llego furtivo
si en la casa me esperan sólo sábanas fúnebres,
y el único habitante, de celosa vigilia,
tiene el oído seco,
y es yacente marchito entre las sombras,
y su nombre no es vicio ni virtud,
sino silencio?
En esta escasa noche que aún desvela,
el gemido amoroso del cansancio y el sueño
debe tardar aún, la fosca tregua
ha de llegar con la herida del día;
ahora sepulto muerte al recordar

la música del negro, su rosa paladar, y la penumbra
lasciva de los humos, la escalera reciente
de arracimadas manos, vasos desiertos, derramadas
miradas y licores, la remisa invasión
de la tarde que hubo, los uniformes rostros
que habrá que recordar para otra vez,
la paciencia académica del acto,
ese calor sudado de ventanas
cerradas, las tardanzas del día,
la remotísima mañana que ya ni puedo recordar,
la laxitud del sexo, y sobre todo la pureza
de aquel absorto juvenil, con amor incipiente,
sin el visaje lúbrico que será para otros

en años venideros. Esta lenta vejez
no la remedia nada; el sueño, con su máscara,
va impidiendo mi muerte, pero no este derrumbe
sucesivo y constante de la carne,
mi floja compañera, que arroparé en las sábanas.
Es acto decidido, necesario.
                          Y a este día
de confusa costumbre
lo canso un poco más, y en el papel
he trazado palabras, signos vanos
del tiempo, porque pido bondad,
y me rodean cosas que no me dan bondad, aunque
    acompañen,
y esta casa está sola.

ENTRE LAS OLAS CANAS EL ORO ADOLESCENTE

No sé lo que persigo al convocaros
en el largo camino hacia Corinto, en el reposo
fresco de aquel mar.
Testigos, o pretexto.
                    Mira, ciego lector,
su cuerpo entre las aguas,
entre las olas rotas el cuerpo derribado,
al pie de la alta roca de Escirón;
y mírame en la arena, bajo el azul,
aún joven, contemplador de su sonrisa viva,
de su existente luz, ahora que escribo versos
en la huérfana noche,
en el naufragio del amor.
No sé por qué os convoco,
testigos de mi dicha, falso pretexto
de un creador de palabras de sombra.
El día aquel lo destruyó el silencio,
y no ha quedado nada para nadie.

Mas acaso no habré llamado en vano.
Pretexto suficiente, testimonio piadoso
si sois fieles testigos de vuestra propia vida.

¿CON QUIEN HARÉ EL AMOR?

A Juan Luis Panero

En este vaso de ginebra bebo
los tapiados minutos de la noche,
la aridez de la música, y el ácido
deseo de la carne. Sólo existe,
donde el hielo se ausenta, cristalino
licor y miedo de la soledad.
Esta noche no habrá la mercenaria
compañía, ni gestos de aparente
calor en un tibio deseo. Lejos
está mi casa hoy, llegaré a ella
en la desierta luz de madrugada,
desnudaré mi cuerpo, y en las sombras
he de yacer con el estéril tiempo.

PALABRAS PARA UNA MIRADA

  Miras, con ojos luminosos,
mientras hablo, mis ojos. Los cabellos
son fuego y seda,
y el rosa laberinto del oído
desvaría en la noche,
acepta las razones que doy sobre una vida
que ha perdido la dicha y su mejor edad.
¿Cómo me ven tus ojos? Yo sé, porque estás cerca,
que mis labios sonríen,
y hay en mí delirante juventud.
Inocente me miras, y no quiero saber
si soy el más dichoso hipócrita.
Sería pervertirte decir
que quien ha envejecido es traidor,
pues ha dado la vida
o dado el alma,
no sólo por placer, también por tedio,
o por tranquilidad;
muy pocas veces por amor.

  He acercado mis labios a los tuyos,
en su fuego he dejado mi calor,
y emboscado en la noche
iba espiando en ti vejez y desengaño.

TENDIDOS

    Llueve, y amo.
Jadean, en extendida sombra,
dos sombras vivas, hozan la nada,
y en ella se alimentan.
                      Son jirones de luz,
y a su luz se ven ojos, muslos, cabellos,
mientras la sombra se extingue hacia más sombra,
y el reposo en las sábanas
de las furias del cuerpo
es el agradecimiento de quien ha de morir,
y sin pedir la vida, la vida le desborda
hasta negar la muerte miserable,
la herrumbre de los cuerpos aún vivos
y las sombras ya huecas de los muertos.

LA DAMA

Hemos gozado mucho de la dama,
aunque alguno, inocente en demasía,
detrás de la apariencia vio algún engaño oculto,
y no siguió nuestro gozar frenético;
como dama escogió a la insípida muerte.

Gocemos de la vieja prostituta, tan sabia
en el amor, y aunque nos manche nuestra joven carne
con hediondos afeites,
no hay otra vida que escoger podamos
sino esta vieja y negra prostituta.

ESTELA GRIEGA

En esta despedida familiar
pesa, sobre los ojos de la joven,
una cerrada niebla,
el sopor de la muerte. Mas serena,
hacia el mudo país del aire negro,
ella avanza. Su tierna edad, fijada
con amor en la piedra, aún perdura
como el último engaño de la vida.
(Vasto es el reino que la acoge, y frío.)

Mira la estela silencioso el hombre:
es sólo de los vivos el deseo
de la inmortalidad.

EPITAFIO ROMANO

«No fui nada, y ahora nada soy.
Pero tú, que aún existes, bebe, goza
de la vida..., y luego ven.»
                    Eres un buen amigo.
Ya sé que hablas en serio, porque la amable piedra
la dictaste con vida; no es tuyo el privilegio,
ni de nadie,
poder decir si es bueno o malo
llegar ahí.
            Quien lea, debe saber que el tuyo
también es mi epitafio. Valgan tópicas frases
por tópicas cenizas.

ALOCUCIÓN PAGANA

¿Es que, acaso, estimáis que por creer
en la inmortalidad,
os tendrá que ser dada?
Es obra de la fe, del egoísmo
o la desolación.
Y si existe, no importa no haber creído en ella:
respuestas ignorantes son todas las humanas
si a la muerte interroga.

Seguid con vuestros ritos fastuosos, ofrendas a los
 dioses,
o grandes monumentos funerarios,
las cálidas plegarias, vuestra esperanza ciega.
O aceptad el vacío que vendrá,
en donde ni siquiera soplará un viento estéril.
Lo que habrá de venir será de todos,
pues no hay merecimiento en el nacer
y nada justifica nuestra muerte.

ACERCA DE LA DIVINIZACIÓN

A José Planells

Divinizó a Antinoos.
Y así, ayudado en la plegaria ajena,
lo pudo retener en el recuerdo,
mantuvo su dolor.
Al fin, sólo mendigo y hombre.

Sé más pagano tú, y advierte que la vida
tiene un destino cierto: sólo olvido,
y si piadosa obra: sustitución.
Es el azar origen del amor,
y el camino azaroso, y un golpe del azar
lo acaba pronto. Si tan ruda
es la vida, tan incivil el sentimiento,
tan injusta la pena,
y en ello no hubo enmienda con los siglos,
no hagas tú como aquél,
no pretendas hacer digna la vida:
tan torpe tiranía
no merece sino tu natural indiferencia.

ONOR

A Vicente Puchol

  Los siglos han pasado,
y la mentira del honor gloriosa sobrevive,
como una larga uña con máscara de plata,
cuando aherrojado en agujeros húmedos
lo noble es clandestino, vergonzoso el amor,
sorda herrumbre la fe,
la juventud es tierra destruida.

  Hemos comprado o seducido cuerpos
en avenidas luminosas, negros buques,
callejas orinadas, museos, catedrales,
trenes soñolientos, alcobas
respetables y colegios sin luz.
Y ahora recuerdo ajadas las visiones
de unos cuerpos que escapan para siempre,
por los desmontes húmedos,
y la ciudad alzarse del humo de la noche,
y la luz desgarrarla fríamente.

  He conocido el daño,
penetrar la navaja,
la incitación al miedo,
vivir insatisfecho, la negación más dura.
La indiferencia de unas manos
y andábamos buscando el placer de la carne,
la ebria raíz del fuego
y el asco allí,
nacer inmerecida la alegría,
y hemos besado la sonrisa, o su estremecimiento provocado,
hemos sentido la miseria de no poder dar nada, y éramos ricos áridos,
y encontrado felices un pretexto de ejercer la piedad,

y conocido la vida tenebrosa de los desconocidos, transformarla en palabras,
y asistido peinados y olorosos al momento más puro de identidad del hombre.

Ahora alzamos el rostro hacia la noche,
y secos ven los ojos
la blanca luz de la maldita luna.

LA ESPERA

I

El campo, oscuro; lejos, al mar,
las luces. Y un pájaro nocturno.

Sentado está mi padre,
con olor de naranjo entre sus dedos
y el rostro plateado. Espera.
Y en un paseo largo,
de rezo y vigilancia del jazmín,
mi madre está esperando.

Vaharadas de tiempo
suben hasta el balcón, desde allí miro
su soledad, sus sombras. En esta casa todos
estamos esperando a quien nos niega.

II

El campo, oscuro; lejos, al mar,
las luces. Y un pájaro nocturno.

Con rostro plateado, y hondo olor
de naranjo, espera un hombre.
Y una mujer espera, vigilando
el jazmín. Son dos extraños.

Miré desde el balcón,
y en el balcón no había nadie.

ELCA Y MONTGÓ

A Angelika Becker

La tenebrosa muerte de los naranjos
deja ciegos mis ojos;
anaranjada y seca, sale la luna
detrás de un mar de plomo.
Lejana, la montaña respira un aire
azul; la moja el mar,
en él descansa. Y así la sombra cae,
desde siglos, sobre el dolor de su dureza.
Abren los párpados las casas,
se enciende la ladera, tembloroso
añora el corazón seres que desconoce;
y al recuerdo regresan otros seres.

Invisible, un aire de jazmín
penetra en mi camisa, de mi carne separa
leve sudor; y este polvo soplado
se ha perdido en la noche,
sorda sepulturera de mi tiempo.
Fue el día piadoso,
y a la tierra gastada, agradecido,
miro con buen amor,
por la delicadeza con que hoy muero.

EL TESTIGO

   Como en los tiempos del colegio me hablas
del infierno y el cielo; mis oídos
sólo recogen, en susurro, el miedo
de tu voz ya cascada. No te importa
la vida, como entonces, aspirante
de eternidad. No escucho tus palabras
de buen devocionario, repetidas
desde negras tarimas: atestiguan
un desierto desván y un viento árido.

   Viene el aire del mar, la primavera
arde sobre las rosas, las palomas
agitan el azul con alas delicadas.
Bebamos de este vino, y olvidemos
el ultraje de los años robados;
tú fuiste un casto atleta, y era yo
un iluso: creía que la vida
fuese eterna. Bien sé que ya no es cierto:
perdí la eternidad, y tú la vida.

ALBA

Industriosa ciudad, salobre y húmeda,
en donde las callejas despertaban orinadas y solas,
camino del hotel.
Igual que el sol nacido, pero más puro y libre,
se apoya aún aquel cuerpo, en una esquina,
con restos desprendidos de blasfemias y vicios.
Gatos indiferentes. Y un humo de tabaco
se iniciaba en el día
más hermoso y más largo del verano.

SOLEDAD FINAL

A Josef Wittlin

En la ciudad desierta,
esparcida de sal, con luz de espectro,
envuelto en la cellisca nocturna,
el automóvil rueda por un exacto laberinto.
Y dentro un hombre va desnudo,
                       solo,
más frío cada vez, condenado
a no cerrar los ojos hasta el alba,
persiguiendo en la noche
                     y en las noches
la soledad final.

Exiliado de toda habitación, del reposo
benigno para el alma y el cuerpo,
el habitante de las sombras
lleva en la mano diestra
un gótico reloj de arena, y el espanto
hace nido en su oreja, y él quisiera sentir
la sordera del sueño.

No es hermoso el final
a quien gozó de luz, de compañía,
de carne o de cobijo,
mas tampoco lo es a quien devora
el alimento de la sombra,
                           o se apoya en el frío,

   pues es atroz la Sombra venidera,
horrible compañía es aquel Frío.

MÉTODOS DE CONOCIMIENTO

En el cansancio de la noche,
penetrando la más oscura música,
he recobrado tras mis ojos ciegos
el frágil testimonio de una escena remota.

Olía el mar, y el alba era ladrona
de los cielos; tornaba fantasmales
las luces de la casa.
Los comensales eran jóvenes, y ahítos
y sin sed, en el naufragio del banquete,
buscaban la ebriedad
y el pintado cortejo de alegría. El vino
desbordaba las copas, sonrosaba
la acalorada piel, enrojecía el suelo.
En generoso amor sus pechos desataron
a la furiosa luz, la carne, la palabra,
y no les importaba después no recordar.
Algún puñal fallido buscaba un corazón.

Yo alcé también mi copa, la más leve,
hasta los bordes llena de cenizas:
huesos conjuntos de halcón y ballestero,
y allí bebí, sin sed, dos experiencias muertas.
Mi corazón se serenó, y un inocente niño
me cubrió la cabeza con gorro de demente.

Fijé mis ojos lúcidos
en quien supo escoger con tino más certero:
aquel que en un rincón, dando a todo la espalda,
llevó a sus frescos labios
una taza de barro con veneno.
                    Y brindando a la nada
se apresuró en las sombras.

LAS NOCHES DEL ABANDONO

*y así las tristes noches velo y cuento,
mas no puedo contar lo que más siento.*

LUISA SIGEA

En las horas de amortiguada luz, y música,
en las alegres noches de nuestra juventud,
velamos hasta que el alba llega,
y en el humo se quedan las palabras
que la sombra golpea,
las palabras borradas que fueron nuestra vida.

Hace tiempo que callo,
y son tristes las noches de nuestra juventud,
y el alba llega muerta.
Rodeado de frío vuelvo a la hostil ciudad,
y el clandestino amor me despide furtivo
desde las rotas sombras de los descampados,
y el día se alza lívido
como si sólo un muerto lo hubiese de habitar.

Con el recuerdo sólo de tu vida, porque fuiste mi vida,
qué abandonado estoy,
¿y a quién le contaré lo que ahora siento?

LA ÚLTIMA ESTACIÓN DE LOS SENTIDOS

Cuantos actos vendrán,
en los inciertos días que me restan,
forzarán el amor al mundo que aún es mío.

Veo venir la luz, y los ojos gastarme
con piedad, pues quien desvela
la realidad es ella, no el asombro.
Y ahí está el firmamento,
huestes de luces que combaten
en un espacio transparente;
                            el mar
y los desnudos, la carrera y las rosas,
el perro negro y la saliva, el cadáver
y el llanto, el naranjo y la abeja,
el rostro reposado y la sonrisa.

Oigo nuevos sonidos, y en la suave erosión
de mis oídos se recogen,
sobre todo palabras;
                      puedo aún saber por ellas
del consuelo y la dicha, la compañía torpe
que acompaña, la juventud
y el desamor, inteligencia y asco,
el agitado origen de los besos.
Vienen las voces devoradas, y vienen claras voces;
y suena el aire aún, y el mar esclavo,
llegan roces y pasos, la música
y el vuelo, ciudades clamorosas
y silencio.
Mirar y oír, los sentidos durables.

Y asisten los olores del sótano,
de la infancia escondida en el desván,
del jardín y el incienso, todo el olor
es ahora el recuerdo,
pues el olfato está tapiado
porque se acerca la carroña.

El gusto enmohecido,
inerte a la rugosa o tersa superficie
del fruto o de las aguas,
sólo vivo el sabor para sentir llegar
el temido dolor o la alegría.
Gustar y oler, sentidos aplacados.

Mirad, éste que exalta
o avergüenza, por el que pronto supe
la privación de la pasión del mundo,
pues la avidez se mudaba en desgana,
y se trocó la fe en vana indiferencia;
el tacto: fuego o frío.
El es quien me envejece, y presiento
el helado palpar de quien ensaya
la caricia final a este gran sueño;
pero dejadle aún besar los rostros,
su calor y su línea,
dejadle amar los cuerpos sin templanza.

Después la nada es ciega, y es gorda la sordera,
sólo al principio tasta, lo que hiede,
y el tacto del vacío resume la existencia.

Amada vida mía, la luz se va a la noche,
¿y por qué me abandonas?

PALABRAS PARA UNA DESPEDIDA

A Juan Gil-Albert

Está la luz despierta,
y se adentra en los ojos el contorno del monte,
y el grito de los pájaros desvanece el oído
al venir de los húmedos huertos.
Los blancos pueblos de la costa,
felices de lujuria y juventud,
alientan junto al mar, lejanos.
No estoy allí, mas lo que fui deseo:
la dicha viva, los sentidos borrados,
ahora que en el jardín el tiempo se arrincona en las
    sombras,
y el olor de las rosas sube al aire.
Hay humos blancos, y calladas palomas
en la altura, y voces que se alejan,
hay demasiada vida para una despedida.

Y un día habrá de ser,
sin que la grata luz, las voces de la casa,
los cultivos del huerto, los días recordados
de la remota y breve juventud,
ni tampoco el amor que me tenéis,
retrasen la obligada despedida.

Tendré que aposentarme en la aridez,
y perdida la imagen de este mundo
y perdido yo mismo,
siento que aquel reposo será estéril,
que la vida no fue, que el fervor
de cualquier despedida es un engaño.

SUEÑO PODEROSO

¿Cuál es la gloria de la vida, ahora
que no hay gloria ninguna,
sino la empobrecida realidad?
¿Acaso conocer que el desengaño
no te ha arrancado ese deseo hondo
de vivir más?

La gloria de la vida fue creer
que existía lo eterno;
o, acaso, fue la gloria de la vida
aquel poder sencillo
de crear, con el claro pensamiento,
la fiel eternidad.
La gloria de la vida, y su fracaso.

CUANDO YO AUN SOY LA VIDA

A Justo Jorge Padrón

La vida me rodea, como en aquellos años
ya perdidos, con el mismo esplendor
de un mundo eterno. La rosa cuchillada
de la mar, las derribadas luces
de los huertos, fragor de las palomas
en el aire, la vida en torno a mí,
cuando yo aún soy la vida.
Con el mismo esplendor, y envejecidos ojos,
y un amor fatigado.

¿Cuál será la esperanza? Vivir aún;
y amar, mientras se agota el corazón,
un mundo fiel, aunque perecedero.
Amar el sueño roto de la vida
y, aunque no pudo ser, no maldecir
aquel antiguo engaño de lo eterno.
Y el pecho se consuela, porque sabe
que el mundo pudo ser una bella verdad.

De «Composiciones de lugar»

VIDAS PARALELAS

A Guillermo Carnero

Don Gregorio Mayáns cuenta en epístola
la costumbre adquirida de un caballero valenciano, dotor
Balthasar Íñigo, que estudió doce años las obras
de Gassendi, para lo cual subía a su terrado
amaneciendo, y no bajaba hasta el anochecer.

Amigo mío, tu costumbre adquirida
va por el año sexto, y anocheciendo subes
con criatura mísera a tu alcoba
(yo sé cuán húmeda), y en el amanecer
viuda de ti desciende. Tu talento persigue
conocimiento de la vida, y eres experto
en materia inmoral. Has logrado, y me admira,
digna serenidad, pues tras los sobresaltos
y esforzados sucesos que narras con decoro,
fatiga tu mirada una experiencia dura.

No es fácil acertar quién alcanzó, con tan distantes
    métodos,
mayor sabiduría, más vida plena,
(y oyéndote la risa funeraria) más placer.
Hay en lejanas vidas secretos casamientos,
y en juicio confuso es la sentencia torpe;
el tiempo sea el juez, y no habrá engaño:
que a debida distancia cualquier vida es de pena.

POETA VIRTUOSO EN SARCÓFAGO

Se pone a recordar, y es hueco el eco:
cosacos sin casacas por el suelo,
rudo rodar de la lucha en el lecho,
blasfemias y suspiros, vello y bellos.

La obra fue un milagro: no hubo musa,
y un bostezo la vida. Hoy le estudian;
le canonizarán, pues les exulta
su juventud sin risas, rosas, rusas.

A UN DESAHUCIADO

    Poco valoras, menos te entusiasma;
a todo indiferente, más que sabio
pareces sordomudo. Pues hastías,
nadie te quiere ver; tu exigua talla
molesta en salas, playas, urinarios.
Fuera fácil la enmienda, pues conmigo
los ojos te chispean, ríes, gritas,
y a un eremita santo le diviertes
si le hablas de tus vicios. Tan secretos
no son como tú crees, y así ayuntas
murmuración y tedio. Comunica
alegría, no ajada, a sus oídos,
y que todos te envidien la inocencia.
En brevedad ancianará tu cuerpo,
y pues vives por él, aunque precario,
cultiva el vicio, y nunca lo abandones.

EL HIJO DE LOT

Debo reconvenirte, vieja amiga,
por tus descuidos. El pequeño Antonio
te vio desnuda en la bañera, y sufre
trastornos de alma. Desvaría, dice
que tu cuerpo es lascivo, y aun horrendo,
y busca semejanzas, siempre torpes:
que es como ver desnudo a un negro grande,
en una negra alcoba, y él precisa:
o a un conejo sin piel. Lo teme todo
su director de espíritu: suicidio
moral, que el insensato se despeñe
contra naturaleza. Yo presiento
algún castigo bíblico al curioso:
monumento salado, no; un mito
más durable: espacio geográfico,
aunque yermo; por causa de su sexo,
que en prematura edad tornaste casto,
ya es casquete polar para los siglos.

POLVOS Y LODOS

Eres mezquino en el oficio, todo
lo empobreces; reduces las carrozas
a tartanas; aúñas cigarrillos,
dentaduras, y en plazas o tabernas
mudas reputación por risotada.
Eres chulo (y ladrón); mas no prestigias
oficio tan antiguo y respetable.

POETA PÓSTUMO

   Sorprende la noticia, pues me dicen
que escribes versos muy desvergonzados,
(versos de tu experiencia cotidiana,
presumo con certeza), y que esperas
que se publiquen póstumos; entonces
alcanzarás la fama que te niegan
los que, al leerte, aburres tanto. Sabe
que hablan de ti, pues tienes mucha fama,
aunque en verdad muy mala, y esos cuentos
los saben de corrida, y mejorados.

   Viejo poeta amigo, ya los tiempos
serán tan diferentes, cuando editen
tus versos censurados, que leídos
serán tan sólo ya banalidades,
como banales son esos sucesos
que ahora cuentan de ti tus enemigos
con prosa no mejor que tus poemas.

ELECCIÓN RESPONSABLE

A un joven poeta

Elijamos mujer,
¿la princesa electora María Amelia,
destruyendo faisanes
desde la plataforma circular
del pabellón de caza rococó
de Malienburg?,
¿o esa otra americana,
                  Ana Lewis,
de las postrimerías del siglo XIX,
dedicada con éxito
al ejercicio noble del arte
pugilístico,
ocio de pulcros caballeros
y señoras activas?

Con matinal ayuda
de este periódico conservador,
elijamos mujer.
Pues te muestras de arisco natural
si del tema te hablan,
no es mala la elección,
mi delicado Tulio;
y ella resume bien tus exigencias:
complementaria actividad, prestigiosa
leyenda, y aún algo más difícil
y perfecto: de ser posible, muerta.

MADRIGAL NOCTURNO

Tus nocturnos cabellos de oro, racimillos de uva,
vericuetos de la paciencia y asombros del espejo,
¿cómo usar de ellos, pues que sin pensamiento, aun vano,
existen?

Tentación de la mano, si no desenredara presas plumas
de siniestras aves: encanalladas risas
callejeras, gestos mohínes, escándalos domésticos;
tentación de los ojos, para enjugar sus blandos hilos
el apócrifo llanto de un alba más cercana,
con más copas bebidas;
ardiente tentación de hacer caer en ellos
el tedio de las horas, la dormida ceniza del cigarro.

¿De qué podrá servir, en esta noche, tu artificiosa adolescencia?

Insistencias en Luzbel
1977

ESPLENDOR NEGRO

Sólo una vez pudiste conocer aquel Esplendor negro,
e intermitentemente recuerdas la experiencia con vaguedad,
aproximaciones difusas, inminencias,
y así, desde tu juventud, arrastras frío,
un invisible manto de ceniza escarlata.
Y no fue necesario cegar los ojos,
pues de las luces claras de los astros
llegó el delirio aquel, la posibilidad más exacta y sencilla:
en vez de Dios o el mundo
aquel negro Esplendor,
que ni siquiera es punto, pues no hay en él espacio,
ni se puede nombrar, porque no se dilata.
Valen igual Serenidad y Vértigo,
pues las palabras están dichas desde la noche de la tierra,
y las palabras son tan solo expresión de un engaño.
Volver al centro aquel es ir por las afueras de la vida,
sin conocer la vida, un no mundo imposible,
pues sólo el no nacer te pudiera acercar a esa experiencia.
Crear la inexistencia y su totalidad,
no te hizo poderoso,
ni derramó tu llanto, y nada redimiste.
La misma incomprensión que contemplar el mundo
te produjo el terror de aquel Esplendor negro,
y aquel desvalimiento al cubrirte las sábanas.

INVITACIÓN A UN BLANCO MANTEL

Blanco mantel.
Es un error: pues no hay color, ni hay lugar prevenido,
    ni nada que soporte
lo que habrá de ser luz, o lo indeciso.

Aquellos que deseen asistir, comensales
de este blanco mantel,
se deben de rasgar con las uñas los ojos
en dimensión extensa y en dimensión profunda,
pues no hay canto que oír,
y con peñascos secos quebrantar los oídos,
pues no existe dolor que se aproxime.
No hay maldición, ni lengua. Ni hay silencio.

Ya puedes, no invitado,
presentarte en el hueco,
y puesto que careces de movimiento real, y aun del
    furtivo,
estás en condiciones de injuriar el mantel,
y si lo manchas (pues no hay color, ni hay lugar preve-
    nido, ni nada que soporte
la opción de lo indeciso, engaño o luz),
ya puedes conocerte. Date un nombre.

DEFINICIÓN DE LA NADA

No se trata de un hueco, que es carencia,
ni del reverso de la luz;
pues todo lo que niega constituye.
Tampoco del silencio, que aunque no es supresión,
difunde en un sinfín naturaleza extensa.
Porque hablamos desde este fiel engaño de la ficción de
 la palabra
podemos enunciar esta pausa solemne:
no se trata de la existencia cierta del concepto de Dios
 como Imposible.
Ni siquiera es tampoco la previa negación de alguna
 insuficiencia.

Lo pensáis como un frío, mas esa es vuestra carne.
No afirma y nada niega su firme coherencia.

OYENDO EL HUMO

La oreja izquierda es la nada,
la derecha es el olvido:
entre ellas dos suena el humo.

Nadie llamó ni se escapa,
ya no suena.

No hubo orejas.
Ni hubo izquierda ni hay derecha.
No hay silencio ni hay palabras.
No las hubo.

ACTOS DE SUPRESIÓN

¿Cómo mostrar la imagen de la vida?
Habrá de ser vertiginosa, fértil
y, a la vez, árida. La creación
de las oscuras sábanas: los cuerpos.

Ficción vacía de apagar la fiebre,
súplica de calor, o pervivencia
de un frío que es consciente;
el acto infiel del apaciguamiento,
un derrumbado encuentro de infinito.
Gustamos, en lo negro, el perecer,
y hay una intensidad frente a la nada
que vale igual que un instante de tedio.

Se suceden las puertas en la noche,
palabras sofocadas, destrucciones
tan turbias. Transmisoras esas sombras
de sombras más gastadas, y en la carne
la identidad que nos repite a ciegas;
ese impulso furioso de un engaño.

Estéril es el acto que simula
felicidad tan honda, que conforma
el ser y el simulacro de la vida,
pues es sólo la herencia de la muerte.

Fértil o estéril, ¿qué más da? Ardiente
es el engaño. Y esto somos: torpes
ensayos, en las sombras, de una argucia.
Un maltrecho final:
vanas repeticiones del olvido.

DESDE EL ERROR

¿Qué es más (o es menos): la nada o el olvido?
La nada: un imposible;
el olvido: un misterio.
No les adviertes cuerpo, y desde la carencia
inextinguible de su ser,
no hay después en la nada,
ni en el olvido hay antes.
Pues que los dos excluyen el falaz territorio
del instante, donde imagino estar,
pregunto por la causa del Error;
pues el error existe, mas ignoro la causa.

Creamos el olvido, pues manchamos la nada.
Entre dos inocencias, el engaño.
Entre la nada y el olvido, nadie.

ENTENDIMIENTO DE UNA EXPERIENCIA

Así le dieron nombre al Regresado:
unos, el Muerto; y aquellos que aguardaban todavía la
    revelación oscura del secreto,
el Callado.

Con la raíz del ojo seca
mira el Muerto la muerte de la luz,
el lento crecimiento del inocente: el tiempo.
Y al mundo acerca su extrañeza.
Quiere mirar la oscuridad,
y así en las noches del invierno atisba,
detrás de las tinieblas,
el mundo que ha de estar,
pues yace en todo olvido lo olvidado.
Allí recobra el ser, pues borra el cuerpo.

Quiere acechar
las voces de los hombres: su materia,
no las palabras.
El sabe que la voz sólo es su hueco.

Hiende una densidad, y fatiga un olor,
recobra el paladar con la desgana:
viene del mundo un esplendor modesto.
Y obligada, y servil, despierta la memoria,
y con ella la vida de aquel llamado Lázaro.
Simulacro, o espectro: ya no un hombre.
Y el engaño, de nuevo.

Un modesto esplendor, pues el futuro
carece de esperanza o de inquietud;
es tan sólo el presente que persiste.
Ahora vuelve a ignorar, pero no hay ignorancia,

pues vale igual saber que no saber.
Hay una realidad: el mudo sueño
de los breves sentidos.

El calla, pues conoce
que su injusto regreso
está también vacío de significación.

Vive desde la carne, mas no hay dicha:
se sabe, con tristeza, invulnerable.

IDENTIFICACIÓN EN UN ESPEJO

El olvido es el más grande de los misterios,
pues estando hecho de realidad su naturaleza es carecer
    de ella;
alcanza en su contradicción
aquello que unifica a su origen, y él en vano desea.
Mas el olvido no es la nada. Perdura su significación:
es Inocencia, también Serenidad;
lo que una vez tuvimos, el Bien mayor y más perecedero,
y aquello que tras su pérdida anhelamos
y es la compensación de los vencidos.
Hay una misma relación que se refleja en un espejo
    turbio:
cuando deseamos la nada, estamos inventando el olvido.
Mas esto nos es dable contemplar
en el borroso espejo de la vida.
Y hablo desde la carne de la carne.

LOS SINÓNIMOS

Más allá de la luz está la sombra,
y detrás de la sombra no habrá luz
ni sombra. Ni sonidos, ni silencio.
Llámale eternidad, o Dios, o infierno.
O no le llames nada.
Como si nada hubiera sucedido.

MIS DOS REALIDADES

Era un pequeño dios: nací inmortal.
                              Un emisario de oro
dejó eternas y vivas las aguas de la mar,
y quise recluir el cuerpo en su frescura;
pobló de un son de abejas los huertos de naranjos,
y en torno a tantos frutos se volcaba el azahar.
Descendía, vasto y suave, el azul
a las ramas más altas de los pinos,
y el aire, no visible, las movía.
El silencio era luz.
Desde el centro más duro de mis ojos
rasgaba yo los velos de los vientos,
el vuelo sosegado de las noches,
y tras el rosa ardiente de una lágrima
acechaba el nacer de las estrellas.
El mundo era desnudo, y sólo yo miraba.
Y todo lo creaba la inocencia.

El mundo aún permanece. Y existimos.
Miradme ahora mortal; sólo culpable.

PROVOCACIÓN ILUSORIA DE UN
ACCIDENTE MORTAL

He aquí el ciego, que sólo ve la vida en el recuerdo.
Era la playa estrecha e irregular, junto al mar sosegado
   en el crepúsculo;
y el mundo va a morir, porque en la soledad y en la
   belleza
tendrá lugar el acto del amor dentro del agua.
Desnudos reposamos en la orilla
del sur del Adriático platino,
y aguardamos la noche en nuestros ojos.
Mas no vino la noche; sí el infortunio
(la vida sucedida desde entonces).
Y aquella brisa falsa, ya en el coche,
mientras los faros amarillos desunían la intimidad de la
   fatiga y aquel país extraño.
Ahora acerco tu rostro hasta mi boca,
y quiero que mi vida y tu historia concluyan bruscamente.

Y si existe el poema, no fue escrito por nadie.

CULTO DE REGRESIÓN

A Mario Míguez

Hace ya muchos años que tu tarea doméstica es más
   íntima,
y a nadie dices a dónde vas cada mañana
para volver tan tarde,
y la cosa sucede más allá de los huertos,
en la Casa secreta y silenciosa
a donde nadie quiere ir, y cruzan sin mirar,
la Casa en que el trabajo nunca está terminado.
Y allí pasas las horas en tu tarea blanca
de planchar, sin mirar el azul que cerca sus paredes,
y ahora vuelves cansada de planchar a los muertos,
y encarecidamente a la abuela Rosario.

La planchas con fervor,
desde los pies aún blancos, y después los zurcidos
de sus rodillas desgastadas,
y los muslos delgados de sus setenta años,
y ese cuarto de siglo que ha posado en su vientre;
sus pechos de magnolias de cartón que no huelen,
su cuello que te obliga con su dificultad.

Con la misma minucia que lo callas
te afanas en silencio,
con un cansado movimiento igual,
y hoy has querido que la vaya a ver,
porque me has dicho triste que la has planchado mal,
y nos hemos vestido para asistir a su Presencia,
tan reposada siempre.

Y veraz te lo digo:
con silencio y con tiempo lo has logrado,
y casi hemos podido jugar con esa niña,
y aunque no nos hablaba nos incitaba al juego,

tan blanca en sus pañales de batista,
con sus ojos abiertos, y atónitos, y oscuros,
sus quietos pabellones, con arillos de nácar,
sus manos diminutas que obligamos con fuerza a enlazar
    nuestros dedos.

   Pero tú estabas triste porque los labios de la niña no se
    abrían,
(allí donde mayor fue el doloroso afán);
lo llegaste a creer (me lo dices llorando),
y ahora sí que sabemos que no sonreirá.

EL EXTRAÑO HABITUAL

La casa, blanca y grande, vacía de su dueño,
permanece. Silban los pájaros; las tapias, un olor.
Quien regresa se duele del destierro de la casa.
Aquí descubrió el mundo; lugar para morir.
Anduvo por ciudades inhóspitas; en ellas aprendió
desasimiento, y aun se extrañó a sí mismo.
Reflexiona: ¿hube amado a la vida?
Creyó amar el instante, y sólo amó su carne
solitaria, o acaso amó la carne que le amó.
De cierto fuera todo deseo insatisfecho,
y la esperanza suya fue tan sólo nostalgia
de aquello que vendría; así el futuro fue
como el recuerdo: un fantasma de luz; y el otro,
sombra. La casa está vacía de su dueño,
y él llega desamado. El huerto es azahar.
Sube las escaleras, y en la sala
ve oscurecerse el mar, la inquieta lejanía.

Y de nuevo sorprende, en el jardín, a quien le mira
y el que nunca le habla,
a ese veloz anciano de los cabellos blancos,
constante compañía de sus años postreros,
ese anciano demente que le sigue, ligero por el día y por
    la noche,
presente como arena de reloj,
huésped extraño ahora de la casa, distante y no invitado,
recluso en el jardín, sin detenerse nunca,
y siempre que le mira aquél le mira,
sin sonrisa ni gesto,
pues es ciego y es sordo, y tampoco es mortal.

TENTACIONES AL ACABAR LA TARDE

Hay una luz que cubre todo el campo
de sombra, y va a la noche. Reposan
los naranjos, y casas de abandono,
y los montes se tienden en la nada.
La paz está conmigo, no sucede
sino el sueño más libre de la dicha:
amo el vivir, y el mundo incomprensible.

Ya en los pueblos del llano, y en la costa
del mar, oscilan luces rosas: queman,
antes que las estrellas, las ventanas.
El mar ha ennegrecido en lo lejano,
y se enciende la fiebre de la carne:
pues me llama al placer lo que allí vive.

CONTINUIDAD DE LAS ROSAS

Donde viste la luz, sigue la luz,
y allí donde los cuerpos estuvieron
siguen las olas mojando las arenas;
donde olíste la flor, zumban abejas
nuevas, y otros veleros tiene el mar.
En el lugar donde absorto viviste
el engaño del mundo: tu inocencia,
los mismos astros permanecen.
                              Ciego,
miras la luz, las olas, las abejas,
los veleros, los astros. El camino
está lleno de rosas, y no hueles
sino la oscuridad desposeída.
Entra en la casa aún, cierra el postigo:
nadie te espera ya, y a nadie esperas.

OTRA VEZ FAUSTO

    Se toca, a veces, con el dedo el cieno,
y en el centro del mundo estás tan solo
que tú mismo no vales. No hay estima
ni por la luz, que el hombre no ha manchado,
ni por la oscuridad, que al hombre oculta.
Ya me diréis si así el vivir importa.
Ni siquiera me sirve de consuelo
saber que han de borrarse estos instantes
en su totalidad, y que tras ellos
habré de oler las rosas nuevamente.
No vale más fortuna que infortunio,
pues la inutilidad que al fin aguarda
no es menor por hermosa que por triste.
Que alguien me dé, y yo le arrojo el alma,
la intacta juventud que existir roba,
y otra vez la ignorancia me haga vivo.

SÁBADO

Esta es la noche sorprendente:
surge, de un mundo oscuro, la soledad, y se une a la alegría,
y anda libre el deseo en pos de su inminencia.
El alborozo de los ojos desnuda a la ciudad,
hermosa igual que un firmamento.
Quizás hallemos hoy la dicha,
pues cada sábado nocturno, en estas calles, la hace siempre posible,
sin que, a primeras horas, aún importe la edad.
Cabinas telefónicas en donde la memoria marca secretos números,
o bares sucesivos y abundantes esquinas,
te ofrecen la belleza que persigues,
y para disfrutarla tú dispondrás después de alguna oscuridad.
Y todo podrá ser, porque lo fue otras veces.

Mas no te sientas nunca el dueño de la noche:
son rostros numerosos, y también desatentos;
puede el hado no serte favorable,
y hace algún tiempo ya que lo sabes hostil.
Mas no abandones nunca la esperanza
de ese dormir, si en ello va tu vida:
cansado, y por rutina, busca atento
el rostro alegre y ciego de tanta juventud.

LA CERRADURA DEL AMOR

Soluciona la noche con monedas:
pagas así la cama.
Mas aquello por lo que tanto dieras
(o quizá dieras poco):
la promesa del cielo (que es lo eterno)
o esta vida final (el desengaño),
por el amor lo dieras casi todo.
Mas si lo ves venir aguarda altivo
porque el don que te llega lo mereces.
No le opongas dureza, mas que llame
a la puerta cerrada. No te fíes
de la belleza de un semblante joven,
y escruta su mirada con la tuya;
ayude la experiencia de los años
para tocar el alma. Si algo sabes
debe servirte mucho en esas horas.
Puede que, a quien esperas, le despidas,
y te quedes más solo.
Mas el amor no pagues con monedas,
no mendigues aquello que mereces.

LO QUE EL MUCHACHO PIERDE

   Cae la tarde, y se reúne el grupo
debajo del magnolio. Sus carreras
son rápidas, sus risas son felices.
Hundiéndose en la luz se va apagando
todo: rubios cabellos, emboscadas
sonrisas, y el incierto transeúnte
que les mira y retiene su existencia.
La ciudad, los hogares, son ajenos
al tiempo que ellos viven: tanta dicha
que se mueve en sus labios, tanta gracia
de las mejillas suaves que se rozan.
El hombre que pasea ha roto el cerco
con la avidez de su mirada. Alguien
del grupo le contempla, y es misterio
la soledad del hombre que le espía.

   Atiende cada día a su llegada,
y al mundo se abandona con secreto:
así pierde belleza y paraíso.

LOS PLACERES INFERIORES

No desdeñes las pasiones vulgares.
Tienes los años necesarios para saber
que ellas se corresponden exactamente con la vida.
No reduzcas su acción,
pues si del breve tiempo en que consistes
las sustraes,
es todavía el existir más deficiente.
Descubre su verdad tras la apariencia,
y así no habrá falsía,
y no podrás mentir que fue razón de vida lo que sólo fue
    tránsito.
Mas ellas te evitaron el fiel aburrimiento de las horas.

Exigen lucidez, no en su experiencia,
sino en su escaso ser;
valóralas exactas,
para lo cual has de saber lo que la vida vale,
y esa sabiduría hace tiempo que es tuya.
Si cometes error cuando las midas,
hazlo siempre en tendencia de la degradación.
Nunca mejores lo que vale poco.
Y que no tengan nombre, ni tiempo detenido,
y queden confundidas en su promiscuidad.
Sabes que tu memoria es débil, y te ayuda.
Todas son una sola,
como es una la vida.
Y las otras pasiones, que merecen un nombre
y el cobijo de un tiempo,
sálvalas lejos de ellas,
y siempre te recuerden lo que la vida no es.
Y agradece a la vida esos errores.

TRASTORNO EN LA TORMENTA

Después del sol del mediodía, fuego
en la arena, la media tarde cambia
en viento, secos truenos y repentina oscuridad.
Barre la gruesa lluvia la piscina,
y los toldos golpean y zozobran. Agosto
es octubre imprevisto. Más cierta que su imagen más
   lúcida,
la realidad. Y no sólo el paisaje, sino el cuerpo,
se muda de repente siendo el mismo.
Y entre penumbra y sábanas y urgencia
hacemos el amor, y en la abierta ventana
vemos airado el mar, y trastornado:
joven como tu cuerpo imperturbable,
rescatado y remoto
igual que la alegría que sólo soy ahora.

Han quedado mis ojos, que te ven, inmortales y ciegos.

CANCIÓN DE LOS CUERPOS

　　La cama está dispuesta,
blancas las sábanas,
y un cuerpo se me ofrece
para el amor.
Abramos la ventana,
entren calor y noche,
y el ruido del mundo
sea sólo el ruido
del placer.
Que no hay felicidad
tan repetida y plena
como pasar la noche,
romper la madrugada,
con un ardiente cuerpo.
Con un oscuro cuerpo,
de quien nada conozco
sino su juventud.

POR UN INCUMPLIMIENTO DEL PRESAGIO

No me envies dolor. Ya, vida mía,
me despedí hace tiempo del trastorno
que nos infundes ciega. Muchos años
lo deseé creyendo que aún vendría.
Lo sigo mereciendo, mas ahora
quisiera desistir de su llegada.
Despedirme del mundo, con la dicha
que suspende los ojos del amante,
fuera gracia mayor que haber nacido.
Mas débil al dolor y conociendo
la materia ruin de que estás hecha,
no detengas tu paso ante mis años,
no me ofrezcas aquello que arrebatan
de tus manos los jóvenes. A ellos
dales, con su sabor, conocimiento;
si son agradecidos, te amarán
ya por siempre. Yo quiero que los cuerpos
dejen su fuego hermoso entre mis brazos,
a cambio de monedas o palabras.
Pero lo que viví, vivido quede:
yo estoy deshabitado; no me tientes
a la infelicidad, tan a destiempo.

LA REALIDAD NO PERMANECE

   Esta revuelta tarde me lleva a Bath
y a ti, pero no a la ciudad de reposadas
calles, ni a quien tú debes ser en el día de hoy.
La habitación se agranda en la penumbra
mientras llueve en la calle suavemente.
Hay, en la chimenea, un fuego que calienta
nuestros cuerpos desnudos, y que alumbra
el vasto espacio con insuficiencia.
Es la luz que merecen las llamas de tu pelo
y el íntimo reposo de las sábanas; sobre la alfombra,
y contra el rojo ardiente, haces tu cuerpo danza.
Te tiendes o caminas, y conversas
con repentina seriedad, me escucha tu sonrisa.
Como si el mundo fuese sólo un exceso vano
en nuestras solas existencias.

   Ahora que sólo en nuestras vidas hay
la existencia del mundo.
¿O acaso has encontrado, de nuevo, las paredes
de igual habitación en un país extraño?
Si contigo el azar fue tan benigno
extrema su rigor con quien recuerda
una tarde tan larga en Bath,
que penetró en la noche, hasta las luces rotas
de un día casi eterno.
Aquella habitación, que, acaso, guarda ahora
sólo el recuerdo vivo de un único habitante:
ese que contemplaba, desde un lecho vacío,
la escasa realidad de un destruido fuego.

RECUERDO DE LA BELLEZA HUMANA

No la rosa, que existe en el olor,
ni el verso que ha entregado, en su milagro,
una invisible luz, y se hace el mundo,
ni el mar, que es un sólido espacio.

Dime si te destruye mi mirada,
tan suave como el aire,
posada como el tiempo.
¿Qué añade tu belleza a la belleza?
Si tú no hubieras sido, nada sería tú,
como el posible Dios es sólo uno,
y mi mirada (el tiempo) te destruye.
Tu belleza es aún más:
puede darse a quien mira,
y hacerse humilde, y torpe, porque existo.
No se puede expresar desde esta vida,
pues no hay comparación, nada
que signifique lo que es.
Si acaso confesarte mi deseo
de ser yo tú,
y así ofrecerte al fin lo que mereces
cuando acercas tus manos a las mías:
saber que me mirabas con mis ojos.

DESAPARICIÓN DE UN PERSONAJE
EN EL RECUERDO

A Elvireta Escobio

Reposa el huerto anclado en el otoño,
y miro el valle en luz que da en el mar.
El sol, dormido y leve, se asemeja
al rostro que yo amé, pues fuera así de hermoso
mirarlo ahora.
Van llamando los años en mi cuerpo,
y los voy alojando con incomodidad,
vanos y numerosos. Se tienden en mi cama,
manchan mi soledad, hastían
mi figura en los espejos.
No vivo con quien quiero. Y tú no estás.
¿En dónde te has quedado? ¿Quién contempla,
como si sólo tú fueses el tiempo,
tu luz o tu presencia?
Me esfuerzo por salvarte, y es en vano:
borraste la sonrisa, el oro decaído
del cabello, se negaron los labios,
me rechazaste el tacto, no perduran
ni línea ni calor en la memoria.
Así me han fatigado mis huéspedes extraños.

Un día no serás, y nunca el mundo
sabrá que pudo ser siempre más bello
con sólo retenerte. Yo soy ese testigo
que canta, sin furor, tanta demencia.
Soy ya quien ha vivido
la desventura de tu muerte. Eso que nadie,
ni tan siquiera tú, sospecha que ha ocurrido.

SUCESIÓN DE MÍ MISMO

Es ardiente el pasado, e imposible:
breve noche de amor conmigo mismo.

F. B.

Al aire del jardín
la cama está revuelta de sábanas y luna,
y en ellas está el cuerpo solitario y desnudo.
Velan los ojos, en las sombras del pino plateado, la
    hiedra de las tapias,
y la vida furtiva de los astros.

Un bulto juvenil de la penumbra surge
y ha subido sin ropas a mi lecho,
y en la tarea del amor completa
la noche ahora tan breve.
Este mudo muchacho está encendido
de una pasión oscura y alejada,
y sus dientes furiosos y su lengua dulcísima.
rescatan de mi carne la densidad del tiempo.
En el azar del mundo su vida ha retornado
con revueltos cabellos, y ahora mudo,
y ha cruzado después las puertas de la noche.

Desde el balcón le espío
llegar hasta la esquina de la casa,
y allí ha permanecido en la mejilla de la primera luz.
Con el sol y los pájaros el día se hace largo,
y en la esquina el muchacho ya es este mudo anciano
    que vigila el balcón,
allí donde él se mira con un cuerpo aún robusto y
    fatigado.

Borrada juventud, perdida vida, ¿en qué cueva de
    sombras arrojar las palabras?

AQUÈL VERANO DE MI JUVENTUD

A Jaime Siles

¿Y qué es lo que quedó de aquel viejo verano
en las costas de Grecia?
¿Qué resta en mi del único verano de mi vida?
Si pudiera elegir de todo lo vivido
algún lugar, y el tiempo que lo ata,
su milagrosa compañía me arrastra allí,
en donde ser feliz era la natural razón de estar con vida.

Perdura la experiencia, como un cuarto cerrado de la
 infancia;
no queda ya el recuerdo de días sucesivos
en esta sucesión mediocre de los años.
Hoy vivo esta carencia,
,y apuro del engaño algún rescate
que me permita aún mirar el mundo
con amor necesario;
y así saberme digno del sueño de la vida.

De cuanto fue ventura, de aquel sitio de dicha,
saqueo avaramente
siempre una misma imagen:
sus cabellos movidos por el aire,
y la mirada fija dentro del mar.
Tan sólo ese momento indiferente.
Sellada en él, la vida.

DÍAS FINALES

En la heredad recluye la memoria
y el cuerpo que declina. Todo muere
sobre este mundo vivo; y el naranjo,
y el vuelo del palomo, es traspasado
por un rayo otoñal desde el azul.
Se acompaña de libros; los paseos
llevan a él olor de abiertas rosas,
y el suave abatimiento de los días.
Ardió en la soledad, y ahora escucha
la primavera viva de los mirlos.

Algunos días huye de la casa,
y al sur, junto a las aguas, donde habitan
los jóvenes se hospeda. Agradece
su desnudez, sus risas, el engaño
que tienen de la vida. Y ellos tocan
en él una extrañeza, su mirada
viva, la abolición del entusiasmo.
La Ciudad de los Jóvenes no duerme,
es fuego y es silencio, cuando el huésped
se dispone al regreso. En su alcoba
recobrará la lenta despedida
de la vida. Con rosas, y palomos,
y el único deseo que aún le tienta:
su próximo regreso a la Ciudad.

Alguna noche intenta algún poema
personal, aunque vago, como escrito
por él, cuando era joven, presintiendo
los días venturosos de vejez.
Y es el último engaño de su vida.

EL PORQUÉ DE LAS PALABRAS

No tuve amor a las palabras;
si las usé con desnudez, si sufrí en esa busca,
fue por necesidad de no perder la vida,
y envejecer con algo de memoria
y alguna claridad.

Así uní las palabras para quemar la noche,
hacer un falso día hermoso,
y pude conocer que era la soledad el centro de este mundo.
Y sólo atesoré miseria,
suspendido el placer para experimentar una desdicha nueva,
besé en todos los labios posada la ceniza,
y fui capaz de amar la cobardía porque era fiel y era digna del hombre.

Hay en mi tosca taza un divino licor
que apuro y que renuevo;
desasosiega, y es
               remordimiento;
tengo por concubina a la virtud.
No tuve amor a las palabras,
¿cómo tener amor a vagos signos
cuyo desvelamiento era tan sólo
despertar la piedad del hombre para consigo mismo?
En el aprendizaje del oficio se logran resultados:
llegué a saber que era idéntico el peso del acto que resulta de lenta reflexión y el gratuito,
y es fácil desprenderse de la vida, o no estimarla,
pues es en la desdicha tan valiosa como en la misma dicha.

Debí amar las palabras;
por ellas comparé, con cualquier dimensión del mundo externo:
el mar, el firmamento,
un goce o un dolor que al instante morían;
y en ellas alcancé la raíz tenebrosa de la vida.
Cree el hombre que nada es superior al hombre mismo:
ni la mayor miseria, ni la mayor grandeza de los mundos,
pues todo lo contiene su deseo.

   Las palabras separan de las cosas
la luz que cae en ellas y la cáscara extinta,
y recogen los velos de la sombra
en la noche y los huecos;
mas no supieron separar la lágrima y la risa,
pues eran una sola verdad,
y valieron igual sonrisa, indiferencia.
Todo son gestos, muertes, son residuos.

   Mirad al sigiloso ladrón de las palabras,
repta en la noche fosca,
abre su boca seca, y está mudo.

La obra de Francisco Brines (1932) ha adquirido con el paso del tiempo un lugar central entre los poetas de la llamada «generación del 50», hasta el punto de que sea frecuente la denominación crítica «Generación Brines-Rodríguez». El cambio de sensibilidad que tras los realismos poéticos llevaron a la poesía de los 70-80, encontró en libros como Palabras a la oscuridad su vehículo más influenciador. El movimiento centrípeto que va de la vida y su relumbre fulgurante al conocimiento interior es la impronta que marca esta poesía de revelación.

L